KB043783

# 고민과 걱정은 열차에
## ── 놓고 내리세요

# 고민과 걱정은 열차에 ── 놓고 내리세요

지하철 5호선 DJ
양완석 기관사의
감성 방송 에세이

북앤

01 출발역 → 02 마음역

1 - 2

5121

# 차례

**프롤로그**   하루의 시작과 끝, 위로의 열차에 탑승할 준비가 되셨나요?

**1부 출발역**   캄캄한 지하 터널을 달리는 기관사

- 경춘선 기차   15
- 인생을 결정짓는 순간   20
- 길고 긴 어둠의 터널 속으로   26
- 아무튼 출근   31
- 기관사, 양원석입니다   36

**2부 마음역**   하루의 시작과 끝을 위로하는 지하철의 DJ

- 감성 방송을 시작하다   43
- 실행에 옮기다   49
- 가족   54
- 당신과 나라는 집합체   59
- 마음이 전해지는 시간 30초   64
- 칭찬 센추리 클럽   69

**3부** **환 승 역** 가끔 위기가 찾아온다 해도 우리 앞에는
안전문이 있다

- 거, 조용히 좀 갑시다                                      77
- 단점을 보완할 수 있는 방법은 얼마든지 있다                  81
- 조금 특별한 대회                                          87
- 나비 효과                                                93
- 잠시 쉬어가다                                            97
- 온 힘을 다하는 자세                                      101
- 교류의 장소 승강장                                       108
- 빨간불                                                  113


**4부** **정 차 역** 고민과 걱정, 힘들었던 마음은
모두 이 열차에 두고 내리세요

- 삶의 무게를 잴 수 있다면                                 121
- 봄은 찾아온다                                           127
- 한줄기 빛                                               130
- 비상 경보음                                             135
- 꼭 직진이 아니더라도                                     139
- 60,000km 지구 한 바퀴 반                                144

부록 **직업로그: 기관사 노선도** 기관사 직업 가이드

- 철도 전기·기관사과                        153
- 철도차량운전면허 취득                      157
- 면접과의 사투                             166
- 수습기관사                               171

**에필로그**     오늘도 당신의 발걸음이 되어

# 하루의 시작과 끝,
# 위로의 열차에 탑승할 준비가 되셨나요?

우리는 분주하고 정신없는 일상을 살아간다.

이 삶을 살아가는 사람들은 매일 지하철이라는 작은 공간에 모여 저마다의 목적지를 향해 이동한다. 출퇴근길이나 등하굣길에 반드시 거쳐 가야 하는 교통 수단 중 하나인 지하철. 이곳에는 보이지 않는 아주 작은 곳에서 묵묵히 일하는 사람이 있다.

바로 '기관사'이다.

기관사는 열차의 맨 앞에서 승객의 안전을 위해 항상 고군분투 하며 열차를 움직인다.

우리나라에는 버스, 배, 비행기, 택시 등 수많은 교통수단이 있지만, 이 중에서 아마 사람을 가장 많이 태우고 다니는 것이 바로 지하철이 아닐까 싶다. 누군가에게는 쉼터일 것이며 누군가에게는 소중한 두 발이 되어주고 누군가에게는 일터인 이곳은 특별한 이유가 없는 이상 1년 365일 중 하루도 멈추는 날이 없다.

나는 어릴 때부터 기관사를 꿈꾸어 왔고, 현재 서울 지하철 5호선을 5년째 누비고 있다. 지하철에 울려 퍼지던 내 목소리는 승객들의 지친 삶을 위로해주며 나를 조금은 특별하게, 그리고 따뜻한 존재로 만들어주었다. 분주한 삶 속에 살고 있는 사람들이 위로받고 다시 일어설 수 있는 힘을 주는 것이 내 목표이며, 누군가에게는 인생의 전환점이 되었으면 하는 작은 소망도 가지고 있다. 오늘도 서울 지하철 5호선을 타고 하루를 시작하고 마무리하는 승객들에게 이 책이 따뜻한 위로를 건넬 수 있기를 바란다.

2022년 봄
양원석

# 1 출발역

캄캄한 지하 터널을 달리는 기관사

저는
이 열차를 운행하고 있는
기관사 양원석입니다.

○ ●◐ ○

# 경춘선 기차

강원도 화천군. 내가 어릴 적 우리 가족이 살았던 이 동네에서 서울에 있는 할머니 댁에 가기까지는 다소 복잡한 루트를 자랑한다. 약 2시간 반 동안 구불구불한 길을 버스를 타고 동서울터미널까지 이동한 뒤, 다시 택시를 타야만 비로소 도착할 수 있었던 곳. 지금은 재개발로 사라진 서울 광진구 자양동의 한 빌라가 내가 어릴 적 기억하는 할머니 댁이었다.

자양동 할머니 댁 베란다로 나가면 내 눈을 사로잡는 특이한 것이 있었다. 몸집은 거대하고 소리는 우렁찼으며, 덜

컹덜컹하는 쇳소리는 어린 나의 시선을 사로잡기에 충분했다. 그것은 바로 지하철이었다. 초록 빛깔의 거대한 열차, 현재 대한민국에서 가장 혼잡한 노선이자 유일한 순환선인 서울 지하철 2호선 열차였다.

1990년대 말, 그 당시 지하철 2호선의 지상 구간은 방음벽 공사를 하지 않았기에 전동차가 지나가는 모습이 할머니 댁 베란다에서 생생하게 보였다. 어린 나는 그 웅장함에 매료되어 장난감을 가지고 놀거나 만화영화를 보는 것 보다 지하철을 구경하는 것이 더 재미있었다. 설날이나 추석 등 명절날 할머니 댁에 도착하면 나는 어김없이 베란다로 향했고, 1시간이 지나고 2시간이 지나도 통 나오질 않았다고 한다.

시간이 조금 흘러 내가 초등학교에 입학했을 때 할아버지, 할머니께서는 내 어린 시절의 추억이 가득 담긴 베란다가 있는 광진구의 빌라를 떠나 서울 노원구의 한 아파트로 이사를 가게 되었다. 새로 이사한 할머니 댁을 가는 방법은 두 가지가 있었는데 첫 번째는 버스를 타고 상봉 터미널을 경유하는 방법이 있었고, 두 번째는 화천에서 비교적 멀지 않은 춘천을 거쳐 경춘선 기차를 이용해 할머니 댁 바로 앞에 있는 화랑대역을 이용하는 것이었다. 어릴 적 나는 버스 타기를 정말 무서워했다. 그 이유는 강원도 화천과 동서울

초록 빛깔의 거대한 열차
지하철은 어린 나의 시선을 사로잡았다

터미널을 잇는 구간에서 반드시 지나가야 하는 곳, 화천군과 경기도 포천시의 경계지점인 '광덕고개' 때문이었다. 이 광덕고개를 지날 때 마다 나는 극심한 멀미에 시달렸고 그날 아침에 먹었던 모든 것들을 확인하는 일이 다반사였다. 지친 몸으로 할머니 댁에 도착하면 할머니께서 준비해주신 맛있는 음식이 기다리고 있었지만 멀미와 구토의 후유증으로 인해 제대로 먹지도 못한 채 첫날을 보내야만 했다.

그러던 중 어머니께서 언제부턴가 경춘선 기차로 할머니 댁에 가기 시작했다. 버스보다 기차를 타게 되면 이동 시간이 1시간 정도 더 소요되는데도 말이다. 그때 처음 접했던 기차는 내게 신기함 그 자체였다. 할머니 댁 베란다에서 느꼈던 신선한 경험들이 다시 머릿속에 그려지는 순간이었다. 버스에서 늘 칭얼대고 울기만 했던 내가 기차를 타고 가는 동안에는 이 세상 누구보다 가장 신이 난 어린아이가 되어 있었다. 일기장에는 할머니 댁에 갔었던 이야기와 기차를 탔던 이야기가 절대 빠지지 않았다. 어머니는 이렇게 기차를 좋아하는 나 때문에 1시간 정도 더 걸리는 길을 경춘선 기차를 타고 이동하신 것일까. 지금 생각해보면 그런 나와 아무것도 모르는 어린 남동생을 끌어안고 다니셨던 어머니가 실로 대단했다고 밖엔 느낄 수 없다.

외할머니가 계시는 경기도 안양 또한 지하철로 이동 할 수 있었기에 이동하는 그 순간만큼은 늘 즐겁고 재밌었다. 어릴 적 나의 기차에 대한 관심과 흥미 때문이었을까? 나는 유독 철도라는 것에 더욱 관심을 가지기 시작했다. 집에서 가지고 놀던 장난감이 여러 가지 있었지만 그중 베스트를 뽑으라고 한다면 단연 기차 장난감이었을 정도다. TV에 기차가 지나가는 장면이 나오면 하고 있던 모든 것을 멈추고 TV만 뚫어져라 쳐다보던 나였다. 그러나 이때는 기차를 운전하는 '기관사'라는 사람을 전혀 알 수가 없었다. 그저 기차의 웅장한 겉모습에 매료되어 있었을 뿐, 그 내부를 자세히 들여다 볼 수 있는 기회가 없었기 때문이다. 기차와 지하철을 타러 가는 날이면 비행기를 타는 것만큼 신났고, 어머니의 수첩 맨 뒤 페이지에 있는 지하철 노선도를 뚫어져라 쳐다보며 어디서 갈아타서 어디로 가야 하는지 전부 머릿속에 꿰고 있었다.

어쩌면 서울 사람이라면 늘 접할 수 있던 지하철과 기차였지만 강원도에 사는 시골 꼬마 아이에게는 신기하고 소중한 존재였기에 나의 마음에 꿈과 희망을 심어 놓았을지도 모른다.

○ ●○ ○

# 인생을 결정짓는 순간

중학생이었던 나에게 어느 날 아주 커다란 변화 두 가지가 찾아왔다.

첫 번째 나만의 통신 수단인 핸드폰이 생겼고,

두 번째 나의 장래희망이 기관사가 되었던 결정적 사건이 발생한 것이다.

여느 때처럼 방학 숙제를 하고 있던 나는 서울 지하철은 어떻게 운영되고 있는지 알아보려 서울메트로(現서울교통공사) 홈페이지를 이것저것 살펴보고 있었다. 그런데 조금은 특별한 단어가 내 시야에 들어왔다. 바로 '차량기지 견학신청'이었다. 평소 접할 수 없었던 지하철을 눈앞에서 구경할 수 있고 좋은 방학숙제 소재가 될 것이라는 들뜬 마음으로 견학 신청을 했다. 당시 내가 살고 있던 용인에서 가장 가까운 '수서차량사업소'라는 곳에 신청을 했는데, 그 신청 버튼을 클릭하는 순간까지 설렘의 연속이었던 것 같다. 견학 당일 부모님께 잘 다녀오겠다는 안부 인사를 드리고 용돈 2만 원을 받아 처음 홀로 떠난 서울 여행은 나에게 모험과도 같았다. 집에서 버스를 타고 수서역까지 가서 15분 정도를 걸어가면 수서차량사업소에 도착할 수 있었다. 차량사업소에 도착하자마자 내 눈앞에 보인 것은 웅장한 쇳소리를 내며 이동하고 있던 서울 지하철 3호선 전동차였다. 이곳에서 담당자의 안내를 받고 주의사항을 숙지 한 후 본격적인 견학 프로그램이 시작되었다.

　제일 먼저 '검사고'라는 곳에 도착했다. 운행을 막 마친 전동차가 운행 후 각종 검사 및 점검을 받고 있었다. 나는 정비 담당 직원의 안내에 따라 평소에는 절대 가까이서 볼 수 없었던 지하철의 차체 하부를 불과 1m도 되지 않는 거리에서 직접 두 눈으로 볼 수 있었다. 처음 맞이한 전동차 차체 하부는 내가 생각했던 것보다 훨씬 더 복잡하고 정교하게 구성되어 있었다. 지하철은 단순한 기기가 아니었고, 승객들과 차체의 무게를 견뎌야 하기 때문에 상당히 견고하고 튼튼하게 설계되어 있다는 것을 그때 처음 알게 되었다.

차체를 견학한 후에는 계단을 올라 전동차 위로 올라가 보았다. 그런데 지붕 위에 우뚝 솟아있는 다이아몬드 모양의 특이한 구조물이 눈에 띄었다. 그것은 바로 직류 1,500V의 전류를 받아 전동차에 동력을 공급하는 장치인 팬터그래프라고 했다. 그 외에도 전동차의 지붕에는 환풍기, 에어컨 등 승객에게 필요한 모든 기기들이 옹기종기 모여 있었다.

우리는 다시 야외에 세워져 있는 한 대의 전동차 내부로 이동했다. 내가 제일 먼저 마주한 곳은 실제 기관사들이 운전 업무를 수행하는 '운전실'이었다. 처음 마주하는 운전실 기기는 자동차와는 많이 달랐다. 전동차의 핸들은 자동차처럼 원형 핸들이 아닌 T자 모양의 핸들을 사용하고 있었다.

이번엔 운전실 양 끝에 있는 여러 가지 버튼을 보았다. 자세히 들여다보니 '열림', '닫힘', '재개폐'라는 단어가 쓰여 있었다. 이것이 바로 전동차의 출입문을 통제하는 출입문 제어장치였다. 담당 직원의 안내에 따라 직접 손으로 출입문 열림 버튼을 눌러 40개의 출입문이 일제히 열리는 모습을 두 눈으로 보았는데, 정말 놀라움 그 자체였다.

견학을 마무리하려는 순간, 전동차가 정비를 위해 이동해야 했고, 열차를 직접 운전하는 장면을 눈앞에서 볼 기회가 생겼다. 운전을 담당하는 직원 분이 전동차가 어떻게 움직이는지 간략하게 가르쳐주었다. 그리고는 열쇠를 제어대에 꽂은 뒤 전동차가 움직인다는 경고 방송을 두 번 반복하자, 마침내 핸들이 당겨졌다.

그러자 열차는 서서히 움직이기 시작했다. 그리고 내 마음도 함께 움직였다. 약 2분 남짓한 짧은 시간은 나의 인생을 결정짓는 아주 중요한 순간이 되었다.

>>
승객들과 차체의 무게를 견뎌야 하기 때문에
지하철은 상당히 견고하고 튼튼하게 설계되어 있다

아침 출근길입니다.
기지개 한번 쭉 펴시고,
활기찬 하루 시작하시기 바랍니다.

○ ◐ ○

# 길고 긴 어둠의 터널 속으로

    내가 근무하고 있는 5호선은 서울 지하철 중에서 유일하게 지상역이 없다. 그래서 평소 운행을 할 때에는 나에겐 단한줄기의 햇빛도 허락되지 않는다. 터널 내에 일정한 간격으로 배치되어 있는 LED 전등과 승강장 조명이 유일한 빛이지만, 전동차의 정비를 담당하는 차량기지는 모두 지상에 위치하고 있어 운행을 마친 후 차량기지로 이동할 때에 잠시나마 바깥 구경을 하곤 한다.

    서울 지하철은 노선별로 근무 방식이 약간 다르다. 비교적 이른 시기에 개통한 1호선~4호선까지는 한 열차에 기관

**사와 차장**열차의 맨 뒤에 탑승하여 출입문 및 냉난방 취급 등 각종 서비스기기 조작을 담당하는
승무원 2인이 함께 열차를 운행한다. 그러나 비교적 나중에 개
통한 5호선~8호선까지는 차장이 탑승하지 않고 기관사 1인
이 열차를 운행하게 된다. 그만큼 신경 써야 할 부분이 많고
업무의 부담이 2인이 열차를 운행할 때보다는 훨씬 많은 것
도 사실이다.

교대 시간이 임박하면 다시 한 번 열차번호 및 행선지를
확인 한다. 잠시 승강장에서 대기한 후 열차 진입 멜로디가
들리면 승강장 맨 앞으로 이동하여 내가 운행하게 될 열차
를 맞이할 준비를 한다. 그리고 열차가 승강장에 도착하면
운행을 마친 동료와 승무교대를 한다.

"수고 많으셨습니다."

이렇게 짧은 한마디를 겨우 건넨 후, 곧바로 스크린도어
와 열차 사이를 비집고 들어가 운전실에 승차 한다. 그리고
승강장 CCTV 화면을 잘 살펴보고 출입문과 스크린도어가
모두 닫혔음을 확인한 후 이상이 없으면 열차는 다음 역을
향해 출발하게 된다. 이 모든 과정이 진행되는데 걸리는 시
간은 불과 40초 남짓.

기관사가 근무하는 공간은 열차의 맨 앞 또는 맨 뒤에 위
치한 1.5평 남짓한 운전실이라는 공간이다. 이곳은 승객이

전혀 볼 수 없게 가림막이 쳐져 있음은 물론 철도안전법에 따라 승객 출입 금지구역으로 지정되어 있어 일반인은 절대 출입할 수 없다. 이 운전실에서 기관사는 열차의 모든 운행을 통제한다. 때로는 새벽, 때로는 낮에도 지하철이 쉬지 않고 달릴 수 있는 것은 사람들이 눈여겨보지 않으면 보이지 않는 이 공간에서 불철주야 노력하는 기관사들의 피와 땀의 산물이다.

빛으로 가득한 승강장과 어둠의 터널을 차례대로 맞이하며 나는 5호선 '방화역~하남검단산역', '마천역 60km' 구간을 매번 왕복하고 있다. 한강철교, 당산철교, 잠실철교, 동호대교, 동작대교, 청담대교 이 여섯 개의 다리들은 모두 서울 지하철이 한강을 건널 때 지나가는 다리이며, 잠시나마 바깥 풍경을 감상할 수 있는 곳이다. 그렇지만 내가 몸담고 있는 5호선은 한강을 지하로 두 번이나 통과하게 건설되어 있다. 지상의 철교가 없는 전구간이 지하인 탓에 바깥 날씨를 확인할 방법이 없을 것 같지만, 나는 승강장에서 열차를 기다리는 승객들의 옷차림이나 소지품 등을 보고 바깥 날씨를 판단 할 수 있다.

열차가 역에 도착하면 출입문이 열리고 승객들은 저마다의 목적지를 향해 발걸음을 옮긴다. 승강장 CCTV 화면으로 그 장면들이 고스란히 전달된다. 출퇴근 시간대에 가장 흥미로운 것은 많은 사람들이 타고 내리는 탓에 실제로 전동차가 가볍게 흔들리기도 한다는 것이다. CCTV 화면뿐 아니라 진동으로 사람들의 많고 적음도 판단된다.

그런 진동이 끝나갈 무렵 나는 마이크를 들고 굵직한 한마디를 전한다.

"열차 출입문 닫겠습니다."

열차를 놓칠까 봐 부리나케 뛰어오는 승객부터, 미처 승차하지 못한 승객까지. 서울 지하철에는 이렇게 삶을 위해 분주하게 움직이는 다양한 승객들이 존재하고 나는 그들의 삶 속에 작은 조력자로 함께함이 즐겁기만 하다.

승객 여러분 안녕하십니까?
새벽 시간부터 열차에 오르신다고
대단히 고생 많으십니다.
아마 잠은 많이 주무시지 못해서 조금 피곤하실 수는
있겠습니다만 새벽부터 분주하게 움직이시는
여러분들이 계시기에 저도 더 힘내서 여러분들을
안전하게 모시도록 노력하겠습니다.

○ ●○ ○

# 아무튼 출근

승객들의 출퇴근길에 빠질 수 없는 존재가 있다. 대중교통 수단 중 하나인 지하철과 이 지하철을 운전하는 기관사이다. 그럼 승객들의 출퇴근을 책임지는 '기관사'는 어떤 일과를 보내고 있을지 궁금한 사람들이 종종 있었다. 과연 어떤 일을 어떻게 하고 있을까?

기관사가 근무하는 패턴은 교번 근무이다. 크게 네 가지로 구분하는데, 오전에 출근하여 오후에 퇴근하는 주간근무, 저녁시간대에 출근하여 익일 오전까지 근무하는 야간근무, 그리고 익일 오전에 퇴근한 비번, 다음날 휴무, 이렇게 크게 네

》
출고 시각
본격적으로 승객을 맞이할 준비를 한다

종류의 패턴을 순환하며 근무하고 있다. 일반 회사원은 보통 9시 출근 저녁 6시 퇴근이 기본이겠지만, 기관사는 그렇지 않다. 왜냐하면 기관사의 주간 출근시간은 대부분 열차 운행시간에 맞춰져 있으므로 분 단위로 출근시간이 결정되기 때문이다. 그리고 비교적 운행이 많은 아침 출근시간대에 열차가 집중 운행되기 때문에 보통 6시 30분부터 8시까지 출근시간이 몰려있고 조금 늦은 경우에는 10시, 11시까지도 출근시간이 지정되어 있다.

우리 기관사는 출근을 하게 되면 가장 먼저 음주측정을 한다. 기관사는 혈중 알코올 농도가 0.02% 이상이 감지되면 그날은 절대 운행을 할 수 없기 때문에 절대로 출근 전날 과음을 해서는 안 된다. 이상 없이 음주측정을 마치고 나면 근무복으로 갈아입고 운행 전 교육을 잠시 받는다. 이때는 안전운행에 필요한 전반적인 부분과 특히 주의해서 운행해야 할 부분, 또 사고 사례를 통해 유사한 사례가 발생하지 않도록 체크해야 할 부분 등을 교육받는다. 이때 기관사는 열차의 도착시간 5분 전까지 승강장에 도착해서 열차를 인계받을 준비를 해야 한다.

서울교통공사의 운행 체계는 크게 전반 운행과 후반 운행으로 나뉘어져 있다. 각 노선별로 조금씩 차이가 있지만 내가 근무하는 5호선을 기준으로 전반 운행은 짧게는 1시간, 길게는 3시간 반 정도로 잡혀 있다. 전반 운행을 마치고 나면 후반 운행을 시작하기 전까지 3~4시간 정도의 시간이 주어진다. 이는 대기시간으로서 다음 운행을 위한 준비 시간이다. 보통은 휴식을 취하는 경우가 대부분이며 전반 운행을 하면서 일어났던 특이한 사항들을 전산에 기록하기도 한다. 동료들과 함께 시간을 보낼 수 있는 시간도 이 대기시간 밖에는 없다. 그날 출근한 사람들의 운행시간이 각자 모두 다르기 때문에 나는 다음 운행이 있기 전 항상 알람을 맞춰 놓는다. 보통 후반 운행을 하는 시간이 퇴근시간대와 겹치기 때문에 특히 주의해야 한다. 후반 운행을 마치면 야간 근무자와 교대하면서 모든 운행을 마치고 승무사업소로 복귀하여 운행하면서 있었던 특이사항 및 이상 유무를 담당 부장님에게 보고한 후 퇴근하면 된다. 퇴근시간 역시 열차시간에 맞춰져 있기 때문에 그때그때 다른 것은 출근시간과 마찬가지이다.

야간 운행은 경우에 따라서는 막차까지 운행을 해야 하기 때문에, 나는 야간 근무가 있는 날에는 반드시 1~2시간 정도는 낮잠을 자고 나온다. 그래야 밤에 운행할 때 졸음이 몰려오는 것을 방지할 수 있기 때문이다.

지하철은 모든 운행을 마치면 특정 역사 몇몇 곳을 제외하고는 모두 차량사업소로 이동한다. 보통 야간 운행을 마치고 나면 모든 지하철은 차량사업소로 입고하여 점검 및 정비를 진행한다.

5호선의 첫차는 5시 30분이기 때문에 차량사업소는 새벽부터 전동차 출고 준비로 인해 매우 분주하다. 기관사도 출고하게 될 열차를 배정받은 후 열차가 주차되어 있는 곳에서 점검을 시작한다. 출입문 작동 상태 및 각종 계기판 상태, 그리고 역행과 제동은 제대로 작동하는지, 신호 및 무선 통화 장치는 이상이 없는지, 배전반 함에 떨어진 차단기는 없는지, 꼼꼼하게 점검을 해야 차량 고장을 미연에 방지할 수 있기 때문이다.

출고 시각, 출고 신호에 따라 차량사업소에서 출발한 전동차는 5호선 본선으로 들어와 본격적으로 승객을 맞이할 준비를 한다. 특히 새벽 시간대에는 가장 몸이 피곤하기 때문에 나는 가급적 의자에 앉지 않고 일어서서 운행을 할 때가 많다. 보통 새벽 운행은 1시간~1시간 30분 정도 잡혀 있어 그렇게 길지는 않다. 새벽 운행을 마친 후 다음 주간근무자와 교대를 마치면 야간근무 또한 마침표를 찍게 된다.

○ ●○ ○

# 기관사, 양원석입니다

기관사로 첫 발을 내딛었던 순간은 3개월 수습을 마치고 답십리역에서 첫 야간 운행을 시작했을 때였다. 기관사로의 입사를 꿈꾸며 취업 준비에 매진할 때, 나도 언젠가는 혼자서 열차를 운행할 날이 올 것이라는 꿈이 현실이 되는 순간이었다. 자신 있다고 말하고 싶었지만 사실은 그렇지 않았다. 수습기관사 시절엔 운행 중에 발생하는 모든 문제는 선배 기관사가 책임져야 했지만 이제는 그 책임을 스스로 져야 하기 때문에 첫 열차를 운행하는 그 순간은 정말 초긴장 상태로 운행을 했었던 것 같다. 대부분의 사람들이 '기관사

>>
취업준비생이었을 때, 따듯한 안내방송을 통해
승객들에게 위로를 건넨 기관사님을 아직까지 잊지 못한다는 단순히 열차만 운전하면 되는 것 아닌가?'라고 생각하는 경우가 많지만 절대 그렇지 않다. 기관사는 운행 중 일어날 수 있는 여러 가지 돌발 상황에 대해 침착하게 대응해야 하고 응급 상황이나 비상 상황이 발생했을 경우 승객의 안전과 생명을 지키는 막중한 임무를 수행하고 있다. 그래서 항상 책임감과 사명감을 가지고 업무에 임해야 한다.

입사하기 전, 내가 한 명의 승객으로서 바라본 지하철은 단순히 대중교통이었고 이동수단이라는 생각을 많이 했었다. 또 지하철을 자주 이용하면서 이런 저런 애로사항도 생겼고 많은 불편함이 있었던 것도 사실이다. 처음에는 불편했던 부분들이 왜 그리 많았는지 알 수 없었지만 기관사가 되고 나서 실제로 열차 운행을 해보니 그동안 보이지 않던 것들이 눈에 보였고, 그 이유를 모두 알게 되었다. 승객이었던 나와 기관사였던 나를 비교해보니 참 묘한 기분이 들기도 했다.

서울교통공사의 공채 1기로서 그리고 기관사로서 나는 소박한 목표 하나가 생겼다. 그것은 바로 승객과 소통할 수 있는 사람이 되고 싶다는 것이다.

요즘 지하철에 타는 사람들은 대부분의 시간을 스마트 폰과 보낸다. 그리고 스마트 폰이 통제하는 이어폰과도 하나가 된 모습을 자주 볼 수 있다. 물론 스마트폰과 이어폰이 출퇴근길의 재미와 시간을 책임져 줄 소중한 존재이기도 하다. 하지만 나는 취업준비생이었을 때, 지하철이라는 좁은 공간 안에서 따뜻한 안내방송을 통해 승객들에게 위로를 주는 기관사분들을 접했었다. 그 안내방송을 통해 커다란 힘을 얻었고, 그래서 나 또한 안내방송에 관심을 가지게 되었던 것 같다.

이때까지만 해도 안내방송이 나를 커다랗게 변화시킬 것이라고는 절대 상상하지 못한 채로 말이다.

# 2 마음역

하루의 시작과 끝을 위로하는
지하철의 DJ

승객 여러분
열정이 가득한 하루를 보내신다고
고생한 여러분들에게 박수를 보냅니다.
오늘 하루 마무리 잘 하시고 맛있는 저녁밥 드시면서
즐거운 시간 보내시기 바랍니다.

○ ◑ ○

# 감성 방송을 시작하다

지하철에 타게 되면 승강장에 도착하기 직전, 익숙한 안내방송을 들을 수 있다.

이번 역은 광화문, 광화문역입니다. 내리실 문은 왼쪽입니다.

This stop is Gwanghwamun, The Doors on your left. Please watch your step.

한국어 방송은 우리나라에서 인지도가 높은 성우 중 한분인 강희선 님이 녹음한 목소리이며, 영어 방송은 제니퍼 클라이드 성우님이 녹음하신 것이다. 이 안내방송들은 사전에 녹음하여 열차 방송장치 컴퓨터에 저장되어 있고, 열차가 정거장에 도착할 때 즈음, 자동으로 송출된다. 더불어 안내방송을 통해 안전 관련 사항, 마스크 착용 권고, 열차 내 질서유지, 임산부 배려석 등 승객들에게 꼭 필요한 정보를 전달해 준다.

　나는 특별히 사람들이 많이 타고 내리는 역이나 방송 간격이 조금 긴 역에 들어갈 때, 직접 마이크를 들고 승객들에게 이런 안내방송을 한다.

　　　*아침 출근길입니다. 기지개 한번 쭉 펴시고, 활기찬*
*　　　하루 시작하시기 바랍니다.*

　이렇게 승객들의 마음을 따뜻하게 적시는 감성 안내방송을 하는 승무원은 서울 지하철 곳곳에서 찾아볼 수 있다. 나도 입사 후 얼마 지나지 않아 승객들에게 즐거움을 주는 안내방송을 시작하게 되었는데 그 이유는 나도 이러한 방송을 듣게 된 후 너무 많은 위로를 받았고, 지금의 나, 그러니까 지하철에서 감성 방송을 시작하게 만들어준 계기가 되었기 때문이다.

약 4년 전 나는 계속되는 취업 준비 때문에 피로가 이미 한계치까지 쌓여 있었다. 연속되는 취업 불발로 마음도 몸도 많이 지쳤고, 주변 사람들에게 표현하지 않았지만 정말 다 던져버리고 싶을 만큼 우울하고 힘들었던 시기였다. 하루는 강남에 저녁 약속이 있어 7호선을 타고 고속터미널역으로 가고 있었는데, 열차 스피커를 통해 이런 방송이 흘러나왔다.

> 승객 여러분, 뜨거운 오늘을 보내셨습니까?
> 열정이 가득한 하루를 보내신다고 고생한 여러분들에게 박수를 보냅니다. 오늘 하루 마무리 잘 하시고 맛있는 저녁밥 드시면서 즐거운 시간 보내시기 바랍니다.

이 안내방송 한마디 때문에 그동안 취업 준비로 인해 쌓인 감정의 묵은 때가 씻겨지는 느낌이었다. 그리고 많은 위로를 받았다. 커다란 응원을 받은 것처럼 마음이 따뜻해졌던 그 순간, 나는 다짐했다. 나도 기관사가 된다면 승객들에게 행복과 즐거움을 전할 수 있는 기관사가 되기로. 그래서 나도 기관사가 된 후 내가 운행하는 열차에서 감성 방송을 시작해보기로 마음먹었다. 물론 달리는 지하철에서는 목소리 톤이 제대로 나오지 않아 방송을 할 수 있는 여건이 썩 좋은 편은 아니다. 하지만 나는 승객들에게 내 진심을 전하고 싶었다. 한 분이라도 내 안내방송을 듣고 위로받고 또 힘을 낼 수 있다면 좋겠다는 생각을 했다.

감성 안내방송을 매번 하지는 않지만 주로 사람들이 많이 타고 내리는 출근시간대, 혹은 퇴근 시간대에 주로 방송을 하는 편이다. 나는 감성 방송을 시작하기 전에 꼭 지키는 것이 하나 있다. 내가 기분이 나쁘거나 짜증이 날 때에는 마이크를 잡지 않는 것이다. 내 기분이 좋지 않을 때는 마이크를 잡고 아무리 좋은 글귀를 읽어도 내 감정까지 모두 내보낸다는 것을 느꼈기 때문이다. 다시 말해 승객들이 기분 나쁘게 들을 수도 있다는 것이다. 그래서 열차에 오를 때에는 항상 즐거운 마음을 가지기 위해 노력한다. 그것이 바로 나만의 감성 안내방송의 비결이다. 즐거운 마음으로 내보내는 안내방송이야말로 승객들이 즐겁게 들을 수 있는 방송임에 틀림없기 때문이다.

이번 역은 특별히 직장인 분들이
많이 하차하실 예정입니다.
제가 내리실 시간을 충분히 드리겠사오니,
승객 여러분들께서는 밀지 마시고
안전하게 천천히 하차하시기 바랍니다.
오늘 여러분들에게
행운과 즐거움이 가득하시길 바랍니다.

>>
안내방송이 나간 이후 광화문 역에 도착했을 때
한 중년의 아저씨께서 고맙다며 짧은 인사를 건넸다

○ ●○ ○

# 실행에 옮기다

　기관사가 되고 꼭 한번 감성 안내방송을 해보고 싶다는 생각은 무척 컸지만, 처음부터 바로 마이크를 잡을 수는 없었다. 왜냐하면 나의 주 업무는 안내방송이 아니라 열차 운전업무이기 때문이다. 사실 안내방송을 잘한다고 해서 나의 월급이 오르거나 승진에 도움이 되는 것은 아니다. 어찌 보면 안내방송은 업무 외적인 부분이다.

　처음 입사했을 때는 운전 업무 숙달을 위해 오로지 운행에만 집중했다. 열차를 단독으로 운행한 기간이 짧은데다가 고장 처치, 응급조치 등 비상 상황 대응 매뉴얼도 숙지하지 못했기 때문이다. 그래서 내가 열차 운행에 익숙해지고 적응이 된 후, 안전한 조건에서만 마이크를 잡을 수 있었다. 처음 안내방송을 하면서 내 모습이 다른 사람들에게는 보이지 않지만 그래도 많이 부끄럽고 긴장되었기에 제대로 발음조차 할 수 없었다. 그래서 "열차 출입문 닫겠습니다." 이 한 문장을 육성으로 연습하면서 점점 마이크에 익숙해지기 위해 노력하고 또 노력했던 것 같다. 또한 마이크 음량도 각 차량마다 적정음량이 모두 다르기에 항상 승무 교대를 하면 가장 먼저 하는 것이 바로 음량 체크이기도 했다.

차량기지에서 출고를 하는 운행이 있으면 10분 정도 일찍 출장하여 출고 점검을 마친 후, 출고 신호를 기다리는 시간에 한참을 마이크를 잡고 혼자 연습에 몰두했다. 수백 명의 승객이 듣는 안내방송인 만큼 심혈을 기울여야 했기 때문이다. 행여 방송 사고라도 났다간 불편 민원이 접수될 우려가 있어서 신중하고 전달력 있게 또박 또박 발음하는 것을 약한 달 동안 연습했다.

입사 4개월 차, 단독 운행을 시작한 지 한 달여 만에 나는 드디어 처음으로 아침 출근시간 내 열차에 승차한 승객들에게 다음과 같은 안내방송을 내보낼 수 있었다.

승객 여러분 안녕하십니까? 저는 현재 방화행 열차를 운전하고 있는 양원석 기관사입니다.

현재시각 오전 7시 50분입니다. 간밤에 잠은 푹 주무 셨습니까? 쌀쌀한 아침 시간에 출근길에 오르신다고 대단히 고생 많으십니다. 오늘 승강장에 서 계신 여러 분들의 모습을 보니까 식사를 거르고 오신 분들이 꽤 많이 보이는 것 같습니다. 아침 단잠의 유혹을 뿌리치기 힘드신 것 잘 알고 있습니다만. 하루를 건강하게 보내 기 위해서 아침식사는 꼭 챙겨 드시기 바랍니다!

이번 정차역인 광화문 역은 특별히 직장인 분들이 많 이 하차하실 예정입니다. 제가 내리실 시간을 충분히 드리겠사오니, 승객 여러분들께서는 밀지 마시고 안전 하게 천천히 하차하시기 바랍니다. 오늘 여러분들에게 행운과 즐거움이 가득하시길 바랍니다. 잠시 후 왼쪽 출입문 열리겠습니다. 가시는 목적지까지 안녕히 가십 시오.


나의 첫 안내방송이었다. 많이 긴장할까 봐 수첩에 적어 놓길 참 잘했다는 생각이 들었다. 실제로 안내방송이 나간 이후 광화문 역에 도착했을 때, 한 중년의 아저씨께서 고맙다며 짧은 인사를 건넸다. 광화문 역은 실제로 직장인들이 가장 많이 타고 내리며 5호선에서 이용객이 가장 많은 역이기도 하다. 나의 안내방송으로 감사 인사를 받으니 나도 모르게 기분이 좋았고 더 즐겁게 일할 수 있는 마음이 생겼다.

나는 그 이후로도 다양한 소재를 활용해 지하철 5호선에 감성 방송을 내보냈다. 특히 이 안내방송은 출근시간대에 운행할 때는 졸음을 쫓아내는데 아주 큰 도움이 된다. 하지만 앞서 언급했던 것처럼 나의 주 업무는 지하철 운행임을 항상 잊지 않으려고 한다. 감성 방송을 백 번 천 번 하는 것보다 더 중요한 것은 바로 승객의 안전이기 때문이다. 그래서 긴급 상황이나 관제센터의 운행 통제 명령이 떨어지면 나는 방송을 중단하고 관제센터의 통제에 집중한다. 지하철은 특히 여러 가지 돌발 변수가 많기에 항상 무전기에 귀를 기울여 관제센터의 지시에 따라야 한다.

실제로 운행 중 감성 방송을 준비하려고 수첩을 꺼내자마자 승객 비상경보가 울린 적이 있었다. 사람이 쓰러졌다는 내용이었다. 나는 관제센터에 이 사실을 알린 후, 역사에 도착하자마자 승객들에게 긴급 안내방송을 실시하고 승객이 쓰러져 있는 곳까지 단숨에 뛰어갔다. 역 직원과 구급 대원이 내려오기 전까지 주변의 승객들과 함께 쓰러진 환자를 열차 밖으로 안전하게 이송했다. 몸을 압박하고 있는 모든 장애물들을 해체하고 구급대원에게 환자를 인계한 후 겨우 열차를 출발시킬 수 있었다.

이런 긴박한 상황에서 기관사는 항상 승객의 안전을 최우선 과제로 삼아야 한다. 그리고 승객들이 동요하지 않도록 늘 침착함을 잃지 않아야 하며, 그와 동시에 적절한 안내방송 또한 반드시 필요하다. 이러한 비상상황들이 존재하기에 나는 항상 시간이 나면 여러 가지 돌발 상황을 가정하고 침착하게 방송하기 위해 연습하고 또 연습한다.

## 가족

지하철은 수많은 사람들이 공존하는 세상이다. 젊은 학생부터 나이 많은 어르신까지 남녀노소가 함께 이용하는 친숙한 대중교통이 바로 지하철이다. 승객들 개개인마다 사는 곳이 다르고, 또 내리는 곳과 타는 곳이 모두 다르다. 지하철에 탄 승객들은 누군가의 소중한 가족이며 누군가의 아들, 딸, 아버지, 어머니인 것이다. 특히 명절날이 되면 우리들은 저마다의 소중한 가족들을 만나기 위해 고향 또는 집으로 향한다.

추석이나 설날이 되면 나는 근무 순번을 한 번 더 확인한다. 명절이 되면 지하철 또한 멈추지 않고 어김없이 운행되어야 하므로 누군가도 쉬지 않고 근무해야 하기 때문이다. 그래서 명절에 운행을 하게 되면 나는 부모님 댁에 미리 다녀오고 난 후 서울 시민을 위한 명절을 보낸다.

명절날 운행을 해보면, 손에 선물세트를 한아름 가득 안고서 즐거운 마음으로 열차에 오르는 가족 단위의 승객들을 많이 볼 수 있다. 때로는 한복 차림을 하고 싱글벙글 웃으면서 승차하는 어린아이도 있다. 그런 날 열차 운행을 하면 고향에 계신 부모님 생각이 많이 난다. 아마 기관사 이외에도 명절에 고향 대신 일터에서 일하는 모든 사람들이 나와 같은 마음일 것이다.

요즘 1인 가구가 많이 늘어나는 추세이다. 퇴근길 열차를 운행할 때 나는 간간히 "오늘도 집으로 돌아가시면 사랑하는 가족들이 여러분을 기다리고 있습니다." 라는 방송 멘트를 송출한다. 그러나 아마 절반 정도는 혼자 사는 1인 가구 세대원일 것이다. 나 역시도 혼자 사는 1인 가구원이므로 그 마음을 잘 알기에 더욱 신경 써서 방송을 하려고 노력한다.

내가 살고 있는 오피스텔에는 특별한 가족 구성원이 있다. 바로 나의 반려묘인 고양이 두 마리이다. 이 고양이들을 데려온 지 벌써 2년 정도가 지났다. 지난 2019년 12월

>>
승객을 내 가족처럼 안전하게 모시자는 마음을 품으며
오늘도 열차에 오른다

의 일이었다. 혼자 독립하기 시작한 지 6개월 즈음 지났을까. 퇴근하면 아무도 없는 오피스텔은 적막하고 고요함만 흐르는 쓸쓸한 느낌이었다. 매일 저녁 지친 몸을 이끌고 그대로 침대에 몸을 눕히는 일이 다반사였다. 나는 독립을 하면서 부모님과 함께 살 때는 시도해 보지 못했던 반려동물과 살고 싶다는 바람을 갖고 있었다. 그래서 유기동물 분양에 대해 알아보던 중, 기가 막힌 타이밍에 지인에게서 고양이를 분양받을 수 있었다. 소식을 접하고 부랴부랴 지인이 사는 경기도 오산으로 갔고, 그곳에서 생후 4개월 된 지금의 나의 반려묘 두 마리를 데려오게 되었다. 처음엔 정말 쪼그마한 녀석들이었지만 이제는 어엿한 성묘가 되어 있다.

동물과 함께 공존하며 마음의 위안을 정말 많이 찾았던 것 같다. 퇴근하고 집에 도착하면 항상 이 아이들이 반갑게 날 맞아주고 애교를 많이 부린다. 게다가 혼자 일하는 직업인만큼 운행 중 느끼는 외로움 또한 조금은 달랠 수 있기에 나는 이 아이들을 최선을 다해서 사랑으로 키워줄 생각이다.

가족은 이렇게 누군가의 삶의 터전이며 또 생활할 수 있는 공동체이기도 하다. 하나밖에 없는 나의 남동생도 나라를 지키기 위해 떨어져 살고 있다. 그래서 우리 가족 네 명이 함께 모이는 것이 1년 중 손가락에 꼽을 정도로 힘들다. 그래서일까. 나는 항상 가족의 소중함을 잊지 않으려고 한다. 또한 그 마음을 영원히 간직하기 위해서 승객을 내 가족처럼 안전하게 모시자는 마음을 늘 품으며 오늘도 열차에 오른다.

○ ● ○

# 당신과 나라는 집합체

열차를 운행하다 보면 정말 다양한 승객들을 만나게 된다. 5년 동안 5호선 열차를 운행하며 갈 곳을 잃은 취객 손님부터 눈망울이 초롱초롱한 어린아이들까지 정말 다양한 유형의 승객들과 만났다. 그중에 정말 기억에 남는 승객들이 있는데, 여기에 소개해본다.

## 수험생 여고생과 어머니

2019년 11월 14일 이른 아침, 나는 평소처럼 운행을 준비하고 있었다. 운행 전 교육시간에 담당 부장님께서는 '대입 수학능력시험 비상 수송대책 하달'과 함께 관련 안내방송 문구 및 안전운행 당부와 비상시 수송체계를 설명해주셨다. 나 역시 수능 시험장에 찾아가지 못하는 일이 발생하지 않도록 내가 운행하는 구간 근처에 있는 수능 시험장을 사전에 파악해두었다. 행여 깜빡 졸다가 다음 역으로 가버리는 수험생이 생기면 큰일 나기 때문이다.

열차가 수능 시험장이 있는 역에 도착하기 전, 나는 수첩을 열어 다음과 같은 방송을 했다.

수능을 앞두고 계신 수험생 여러분, 오늘은 여러분들이 3년간의 학업에서 벗어나는 날이 아니라, 사회로 나가는 첫 발판을 마련하는 날입니다. 지난 3년간의 노력이 헛되지 않도록 오늘 하루 최선을 다해주시기 바랍니다. 저도 여러분들을 응원하겠습니다.

승객 여러분들도 교복을 입고 있거나, 책가방이 조금 두꺼워 보이는 승객이 있다면, 위로와 격려의 한 말씀 건네 보시는 건 어떨까요? 다시 한 번 수험생 여러분들의 건승을 기원합니다. 내리실 문은 왼쪽입니다.

열차가 역에 정차한 후 나는 승객이 무사히 하차하고 있는지 CCTV를 통해 확인하고 있었다. 그런데 갑자기 운전실 문에서 '똑똑똑' 하는 노크소리가 들렸다. 깜짝 놀라 문을 열어보았더니, 수험생으로 보이는 여고생과 어머님이 감사 인사를 전했다.

"우리 딸아이가 긴장을 많이 했는데 덕분에 고맙습니다. 아침부터 피곤하실 것 같은데 수고가 많으세요."

이 따뜻한 인사와 함께 내 손에 비타민 음료 한 병을 쥐어 주셨다. 시간이 조금 넉넉했다면 나 역시 힘내라는 위로와 격려를 해주고 싶었지만, 나에게 허락된 시간은 단 30초뿐이었다. 두 모녀에게 감사하다는 짧은 인사를 드릴 수밖에 없던 것이 가장 아쉬웠던 순간이었다.


## 출근길 김포공항 역

아침 출근길에는 그날의 날씨와 함께 조금은 소박한 아침 인사를 건네며 안내방송을 하고는 한다. 출근길의 지하철은 흡사 만원버스를 연상케 할 만큼 승객들로 가득 찬다. 5호선은 1대가 8칸으로 구성되어 있어, 만원버스의 8배에 달하는 승객을 가득 싣고 아침 운행을 시작한다. 5호선의 가장 핵심 환승역인 김포공항역 또한 아침에는 공항 관계자들의 출퇴근 및 인천공항 직원들의 환승으로 인하여 인산인해를 이룬다.

그러던 어느 날 김포공항 역에 도착한 열차의 운전실 문을 누군가 노크했다. 어떤 승객이었는데, 무슨 일일까? 행여 불편한 점이 있어서 온 걸까? 걱정하며 문을 열었다.

"출근하면서, 운행하실 때 하시는 방송이 너무 마음에 들어요. 자주 들었는데 정말 심심한 위로가 되어주셔서 감사합니다."

그 승객께서는 1,000ml 사이즈의 우유팩 크기에 들어 있는 음료를 통째로 내게 건네주셨다. 나 역시 감사의 인사를 드렸다.

"당연한 일을 했을 뿐입니다. 감사히 잘 먹겠습니다."

이렇게 운행을 하다 보면 참으로 다양한 승객들을 많이 만난다. 그분들은 모두 제각각 목적지가 다르고, 사는 곳 또한 모두 다르다. 지하철은 그런 사람들이 모두 모인 또 하나의 따뜻한 삶의 집합체인 셈이다.

우리 열차에서 덥다는 민원과, 춥다는 민원이
동시에 접수되고 있습니다.
저도 참 난감한 상황이 아닐 수 없습니다.

○ ◖● ○

# 마음이 전해지는 시간 30초

누군가에겐 위로가 되고, 또 힘이 되고 다시 용기를 얻는 신비한 힘을 가진 감성 방송. 하지만 매번 똑같은 이야기만 하게 되면 듣는 사람은 당연히 지루함을 느낄 것이다. 그래서 나는 방송멘트를 딱히 정해놓고 하지 않는 편이다. 상황에 맞게 그때그때 바꿔 가면서 방송 멘트를 한다.

승객들에게 방송을 전달하기 위해서는 절대로 멘트 분량이 너무 길거나 너무 짧아도 안 된다. 멘트가 너무 길어지면 듣는 승객들이 당연히 불편해할 것이며, 그렇다고 너무 짧으면 전달력이 떨어져 제대로 된 방송이 어려워지기 때문이다. 그래서 나는 방송 분량을 약 30초에서 40초 사이로 설정한다. 어찌 보면 정말 짧은 시간처럼 느껴질 수 있지만, 실제로 방송 문안을 작성해 보고 사전에 미리 읽어보면 결코 짧은 시간만은 아닌 것 같다는 생각이 든다.

나는 출퇴근할 때 대중교통을 타기도 하지만 주로 내 차를 자주 이용한다. 차로 출근할 때 항상 라디오의 뉴스를 즐겨 듣는데, 나는 바로 이때를 놓치지 않는다. 라디오에 나오는 좋은 글귀나 중간 광고시간에 나오는 명언들을 기억해 핸드폰에 메모를 해둔다. 명절, 수능, 각종 행사, 기념일 등 일상의 모든 소재들은 모두 내 방송 멘트에 쓰이고 있다. 때로는 인터넷 블로그, 혹은 칼럼 등에 있는 글귀를 일부 참고하기도 하고, 내 머릿속에서 나오는 여러 가지 말들을 첨가할 때도 있다.

하지만 이렇게 완성된 방송 문안을 바로 내보내지는 않는다. 달리는 지하철에서 흘러나오는 안내방송은 단 한 번의 실수도 허락하지 않기 때문이다. 그래서 나는 대기시간이나 퇴근 이후 별도의 시간을 내어 입에 볼펜을 물고 연습한다. 30초에서 40초라는 시간을 맞추기 위해서는 발성, 템포, 호흡 등 모든 요소들이 완벽한 조화를 이루어야 한다.

실제로 회사에서는 운행 중 발생할 수 있는 각종 상황에 대비한 방송 문안을 정해놓고 교육하고 있다. 하지만 나는 회사의 문안을 참고하되 나만의 색깔에 맞추어 승객들이 더 알기 쉽게 풀어서 방송을 하는 편이다. 승객들이 이해하기 어려운 전문 용어들이 있기 때문이다. 이러한 작업들을 마무리하면 이제 언제 어디서든 바로바로 안내방송이 튀어나올 준비는 다 된 것이다. 그럼 이렇게 만반의 준비를 마친 안내방송은 어떻게 사용할까.

승객들은 열차를 이용하면서 불편하거나 개선해야 할 부분이 있다면, 고객센터 홈페이지를 통해 민원을 접수하거나 문자 메시지를 활용한다. 여러 가지 유형을 분석해본 결과 승객들이 가장 불편해하는 것이 바로 냉난방 관련 민원이다. 가장 곤혹스러운 때는 바로 무더운 여름, 덥다는 민원과 춥다는 민원이 동시에 접수되기 때문에 정말 난감하다. 이런 상황이 닥칠 때 나는 승객들을 단번에 안심시킬 수 있는 기발함이 번뜩이는 안내방송을 한다.

　　승객 여러분께 안내말씀 드리겠습니다. 우리 열차에서 덥다는 민원과, 춥다는 민원이 동시에 접수되고 있습니다. 저도 참 난감한 상황이 아닐 수 없습니다. 하지만, 우리 열차는 정부의 권장 온도지침에 따라 승객 여

< 메모                         ⋯

승객 여러분 안녕하십니까.
현재 시각 0시 0분 입니다.

코로나로 인해 인상을 보내시는데도
많은 어려움이 있을 것이라 생각합니다.

더불어 분주하고 정신없는 오늘 하루를 보내신다고
대단히 수고 많으셨습니다.

출근길의 발걸음이 무거우셨다면
퇴근길의 발걸음은 조금 가벼우셨으면 좋겠습니다.

승객 여러분 안녕하십니까.
현재 시각 0시 0분입니다.

간밤에 잠은 잘 주무셨는지요.
피곤하신 몸 이끄시고 아침에 출근하신다고
대단히 수고 많습니다.

》
좋은 글귀는 핸드폰에 메모를 해두며
다양한 상황에 맞는 안내방송을 위해 항상 준비하고 또 준비한다러분들이 불편해하시지 않도록 냉방을 탄력적으로 조절하고 있습니다.

객실의 온도는 각 칸별 승객 포화량에 따라 다르게 느껴지실 수 있습니다만, 정 추우신 승객께서는 4번째와 5번째 칸에 마련되어 있는 약 냉방 칸을 이용해 주시기 바랍니다. 우리 모두의 편의를 위하여 승객 여러분들의 많은 배려를 부탁드립니다. 고맙습니다.

이러한 민원 외에도 취객, 열차 내 이동상인, 소란 등이 있으며 요즘은 마스크 미착용 승객에 대한 민원도 하루에 수백 건씩 접수되고 있다. 관제센터에서는 운행 중 민원 응대를 위해 승무원을 호출하여 즉각 안내방송을 실시하도록 하고 있다. 매번 다른 안내방송을 하지만 나는 언제 어디서 어떤 방송을 하게 될지 모르기 때문에 다양한 상황에 맞는 안내방송을 위해 항상 준비된 상태로 열차 운행을 하고 있다.

내가 수많은 시간을 연구하고, 또 고민해 만들어 내는 방송 문안이다. 승객들에게 어떤 글귀를 전해드릴지 항상 고민의 연속이기도 하지만 나는 부담을 전혀 느끼지 않는다. 단지 감성 방송을 하는 것, 그 자체가 즐겁고 행복할 뿐이다.

○ ◐ ○

# 칭찬 센추리 클럽

 

서울교통공사에는 특이한 모임 하나가 있다. 그것은 바로 칭찬 접수를 100건 이상 받은 직원의 모임인 '칭찬 센추리 클럽'이다. 2021년을 기점으로 약 20여 명의 승무원들이 센추리 클럽의 회원이 되었다. 이 분들은 모두 본인의 임무에 충실함은 물론이며, 방송 기량 또한 우수한 분들이다.

열차를 이용하면서 불편한 점이나 개선사항 또는 직원을 칭찬하는 의견을 남길 때에는 서울교통공사 고객의 소리 게시판을 활용하거나 고객센터 문자메시지를 통해 고객의 의견을 전달한다. 이때 칭찬하고 싶은 직원이 있으면 이 역시 문자메시지로 전송이 가능하며 해당 열차와 칸 번호를 입력하면 해당 승무원이 누군지 조회가 된다. 매일 아침 사내 전산망에 게시되는 고객센터 민원현황을 보면 이 칭찬 건수가 누적 집계되어 있다. 그리고 누적 건수가 100건에 도달했을 경우 칭찬 센추리 클럽의 입성 자격이 주어진다. 100건에 도달하기 위해서는 상당한 시간이 소요되고 달성하는 것이 어려운 일이다. 하지만 목적이 뚜렷하고 투철한 도전정신이 있다면 완전히 불가능한 것은 아니다.

2018년 4월, 나는 단독승무를 시작한 후 한 달 만에 처음으로 칭찬 접수를 받게 되었다. 아침 출근시간에 운행하던 방화행 열차에서 내 안내방송을 듣고 한 승객께서 글을 남겨주었던 것이다. '출근길 피곤한데, 힘내라는 말씀해주셔서 감사합니다'라는 글이었고, 고객이 남겨주신 칸 번호를 조회해보니 진짜 내가 운행했던 그 열차가 맞았다. 처음 받아본 칭찬 덕분에 더 열심히 방송을 할 힘이 생겨났고 이때부터 본격적으로 감성 방송을 시작하게 된 계기가 되었던 것 같다.

달리는 열차 안에서 실시간으로 안내방송을 내보내야 하기 때문에 어찌 보면 생방송일지 모르는 내 감성 방송에 많은 승객들이 저마다의 사연으로 나에게 칭찬 접수를 보냈

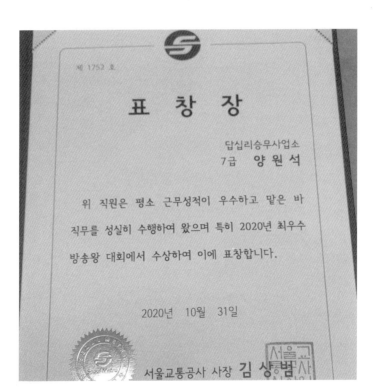

제 1752 호

# 표 창 장

답십리승무사업소
7급  양원석

위 직원은 평소 근무성적이 우수하고 맡은 바
직무를 성실히 수행하여 왔으며 특히 2020년 최우수
방송왕 대회에서 수상하여 이에 표창합니다.

2020년  10월  31일

서울교통공사 사장 김 상 범

다. 기회가 된다면 나도 인사로 보답해 드리고 싶었지만 수백 수천 명 중에 한 명을 찾기란 하늘의 별따기인 것을 알기에 마음속으로 늘 감사한 마음을 품고 열차를 운행한다.

2019년 6월, 나는 단독승무를 시작한 지 1년 2개월만에 센추리 클럽의 입성 자격이 주어지는 100번째 칭찬 접수를 받게 되었다. 본사로부터 칭찬 건수가 100회를 돌파했다는 축하 메시지가 왔고, 같은 달 센추리 클럽 명단에 내 이름 석 자를 올리게 되었다.

답십리승무사업소에서는 최초의 센추리 클럽 회원이며 전체 센추리 클럽 회원 중 가장 어린 막내이기도 했다. 칭찬 센추리 클럽에 입성하게 되면 사장님에게 표창을 받게 되며, 특수 제작된 기념 트로피를 받는다. 또한 정기적으로 모임을 가지면서 방송에 대한 노하우를 서로 공유하고 더 좋은 방송을 할 수 있도록 격려하고 토의하는 자리를 가진다. 다른 노선에서 근무하는 선배님들에게 안내방송의 비결을 묻기도 했지만, 되려 내게 소음이 심한 5호선에서 어떻게 방송을 했는지 되묻는 선배님들도 많이 계셨다. 다른 소속 선배님과의 만남에서 많은 것을 묻고 많은 것을 얻을 수 있었던 자리였던 것 같다.

승무 분야의 전체 직원은 약 3,000여 명, 이 중 단 1%도 채

되지 않은 20여 명이 속해 있는 센추리 클럽이 더욱 더 커졌으면 하는 바람이 있다. 치열하고 바쁜 일상 속에 행복한 안내방송 한 마디가 지친 하루 고생했을 당신을 보듬어주는 따뜻한 위로가 되었으면 좋겠다. 이를 위해 지금도 서울지하철에는 수많은 승무원들이 희망과 감동을 주기 위해 그리고 승객들의 안전한 발이 되기 위해 보이지 않는 곳에서 이렇게 제자리를 지키고 있다.

# 3 환 승 역

가끔 위기가 찾아온다 해도
우리 앞에는 안전문이 있다

승객 여러분 안녕하십니까.
오늘 날씨가 평소보다 더 더운 날인 것 같습니다.
현재 바깥 공기는 가늠할 수 없을 만큼
상당히 뜨겁지만 우리 열차는 여러분들을 위해
시원하게 움직이고 있습니다.
오늘 같은 날 시원한 음료 한잔 마시면서
잠시나마 여유를 찾아보시는 건 어떨까요?
더위 먹지 않도록 조심하시고
오늘도 즐거운 하루 보내시기 바랍니다.

○ ◐ ○

# 거, 조용히 좀 갑시다

나는 5호선 열차에서 감성방송을 하는 구간을 미리 정해 놓고 방송을 한다. 대표적으로 사람들이 많이 타고 내리는 역인 광화문과 여의도, 군자, 천호 역 등에서 주로 감성방송을 하고 있다. 하지만 지금의 내가 이렇게 감성이 풍부한 기관사가 되기까지의 과정이 그렇게 순탄치는 않았다. 수많은 우여곡절이 있었다.

감성방송을 시작하고 나서 얼마 지나지 않았을 때의 일이었다. 날씨도 좋고 나들이 가기 딱 좋은 주말 운행을 하던 중, 나는 주말을 잘 보내라는 격려와 날씨에 관한 정보들을 붙여 안내방송을 실시했다. 이때 나에게 처음으로 위기가 찾아왔다. 지하철에서 내리던 한 승객이 조금은 언짢은 목소리로 "거, 조용히 좀 갑시다."라는 말 한마디를 툭 던졌기 때문이다. 괜히 기분이 나빠졌다. 물론 대부분의 승객들은 가끔씩 눈인사를 할 때도 있고, 운전실 문을 두드려 감사 인사를 전하고 가는 분들도 있었지만, 처음으로 그런 불평이 담긴 말 한마디를 듣게 되니 조금은 후회되는 마음이 들기도 했다. 사람인지라 서로 다르기 때문에 충분히 일어날 수 있는 일이라고 생각하며 금방 잊어버렸지만 그날은 기분 나쁜 마음이 마이크를 통해 승객에게 전달될까 봐 일부러 마이크를 잡지 않았다. 이 일을 겪고 난 이후로 나는 절대로 그날 썼던 방송 멘트를 다음날 바로 또 사용하지는 않게 되었다. 내가 무엇이 부족한지 또 어느 부분을 보완해야 하는지를 바로바로 피드백 해야 했기 때문이다. 수정이 필요한 부분이 있다면, 내 수첩을 열어본 후 더 새로운 멘트를 위해 연구하고 또 연구했다.

사실 이때 처음으로 감성방송을 하는 것에 회의를 느꼈다. 혹시 내가 의미 없는 일을 하고 있는 것은 아닌가, 의문도 들었다. 하지만 그런 일이 생길수록 나는 조금씩 더 성장하고 있었다. 지금은 민원이 들어와도 초심을 유지한 채 방송에 임하고 있다. 다시 방송 문안을 연구할 때는 조금씩 부자연스러운 단어를 고쳐보기도 하고, 더 이해하기 쉽고 알기 쉬운 멘트로 바꾸는 등 여러 가지 방법을 시도한다. 그렇게 하다 보면 어제보다는 조금 괜찮아진 오늘의 안내방송으로 다시 탄생하는 것 같다.

하지만 매번 방송 멘트가 적절하게 잘 떠오르는 것은 아니다. 어떤 때는 방송 멘트를 연구하고 있는 중에 이야기가 너무 생각이 나지 않아 답답했던 날도 많이 있다. 또 수첩을 뒤져 예전 것과 비교하면 겹치는 부분이 많아 조금 걱정스럽기도 했다. 아무리 인터넷을 검색하고 좋은 글귀를 머릿속으로 떠올려 보아도 해당 특색에 맞는 방송 문안이 완성이 되질 않으니 답답한 마음도 있었고 머리가 멈춰버린 것만 같은 느낌이 들었다. 나는 이런 상황이 오면 일주일 정도는 방송을 하지 않고 머리를 비우려고 노력한다. 예전 것들을 모두 잊어버리고 새로운 흐름을 맞이하기 위한 나의 루틴 같은 것이다. 그러다가 문득 머릿속에서 갑자기 방송 멘트가 떠오를 때면 나는 곧바로 메모부터 해 놓는다. 큰 틀을 만들어 놓고 두 번 세 번 연습을 끝내면 곧바로 승객들을 위한 안내방송을 시작한다.

그 결과 지금은 상황에 맞는 안내방송들을 즉각 뽑아낼

수 있을 정도로 많이 발전했다. 내가 겪은 많은 경험들이 지금의 나를 만들어준 것 같다. 만약 이 성장통을 견디지 못하고 포기해 버렸다면 내가 지금 이 자리에서 책을 쓰는 것 또한 가능하지 않았을 수 있다. 그래서 항상 감사한 마음으로 마이크를 잡는다. 즉석에서 꼭 필요한 방송 멘트가 있다면 이 역시도 바로바로 승객들에게 들려줄 자신감을 가지고 말이다.

○ ◐ ○

# 단점을 보완할 수 있는 방법은
# 얼마든지 있다

수백, 수천 명을 실어 나르는 기관사는 철도의 꽃이라 불릴 만큼 막중한 임무를 수행한다. 그러나 모든 일에는 장점과 단점이 존재하는 법. 기관사 역시 장점도 있고 단점도 있기에 그러한 부분을 여기에 살짝 털어놓고자 한다.

기관사의 장점 중에 첫 번째는 개인 시간이 많다는 것이다. 교대 근무의 특성상 평일과 주말을 구분하지 않기 때문에 일반 직장인들이 출근하는 평일에도 휴식을 가질 수 있다. 이것을 잘 활용해서 휴가를 사용하면 굳이 휴가철이 아니어도 비수기에 원하는 날짜에 언제든 여행을 갈 수 있다.

또한 취미생활을 즐기기엔 충분한 시간이 있기 때문에 원한다면 여러 가지를 배우는 데에도 시간의 여유가 있는 것 같아 좋다.

두 번째 장점은 초과근무나, 잔업 등이 존재하지 않는 것이다. 내 주변에 일반 회사를 다니는 친구들의 이야기를 들어보면 정시에 퇴근을 못하고 밀린 일을 하거나 밤늦게까지 회사에서 일을 한다고 한다. 하지만 기관사는 정해진 운행 스케줄 이외에 그 어떠한 부가적인 부분이 없다. 즉 본인의 할당 운행만 마치면 곧바로 퇴근할 수 있다는 것이다.

세 번째 장점은 혼자 일한다는 것이다. 열차에 오르는 순간부터는 주변에 그 누구도 없기 때문에 일반 회사처럼 직장 상사와 마주할 일이 거의 없다. 물론 출근 후 운행 전 교육을 받을 때 잠시 상사와 마주하긴 하지만 열차에 오르는 순간부터 열차에서 내릴 때 까지는 그 누구의 간섭 없이 혼자서 근무한다. 혼자 있는 것을 좋아하는 사람들에겐 단연 최고의 조건이 아닐 수 없다. 물론 운행 중 외로움은 있을 수 있지만 눈치보지 않고 내 일만 집중해서 하면 되기 때문에 좋은 점인 것 같다.

기관사로서 근무함에 있어 이러한 장점들이 있는 반면 당

»
수백, 수천 명을 실어 나르는 기관사는
철도의 꽃이라 불릴 만큼 막중한 임무를 수행한다

연 단점도 있다.

　기관사의 첫 번째 단점은 불규칙한 생활 패턴이다. 근무 특성상 교대 근무이지만 기관사의 근무 형태는 교번 근무다. 출퇴근 시간이 열차 시간에 맞춰져 있고 상황에 따라 다르기 때문에 생활 리듬이 쉽게 깨질 수 있다. 그래서 대부분의 기관사들은 휴일에는 보통 체력을 기르기 위해 운동이나 등산을 하기도 한다. 또한 야간 근무 때는 매번 잠을 자는 곳이 달라 잠자리에 예민한 사람은 쉽게 잠들지 못하는 경우도 있다. 게다가 다음날 새벽 운행을 위해서는 이른 시간에 기상하기 때문에 수면 패턴 조절이 어려운 것도 사실이다. 또한 매번 운행 시간이 달라지기 때문에 규칙적으로 식사하는 것이 상당히 어렵다.

　두 번째 단점은 생리현상을 제때 해결하기가 어려운 것이다. 이 부분이 가장 신경 쓰이는 단점 중 하나일 것이다. 아마 대중교통 종사자 대부분이 이런 고충을 겪고 있는 것으로 알고 있다. 버스기사님들이나 택시 기사님들은 그래도 화장실 접근이 조금 쉬울 수 있지만, 기관사는 한번 열차에 오르는 순간부터 내릴 때까지 절대 화장실을 갈 수 없다. 하지만 걱정할 필요는 없다. 운전실 안에 간이 변기가 있기 때문이다. 하지만 나는 정말 급할 때가 아니면 사용하지 않는다. 그래서 출근 전에 음식을 먹을 때도 가급적 자극적이거나 기름진 음식은 피하는 편이다.

　장점이 있다면 항상 단점이 있듯이 기관사 역시 그렇다. 하지만 기관사를 처음 접해보거나 준비하는 사람들이 너무 단점만 바라보고 부정적으로 바라보지는 않았으면 좋겠다. 단점을 보완할 수 있는 방법은 얼마든지 있으니까 말이다.

다시는 오지 않을
지금 이 순간을 생각하시면서
오늘 하루도 즐겁고 알차게
보내시기 바랍니다.

# 조금 특별한 대회

서울교통공사에는 1년에 한 번씩 열리는 조금 특별한 대회가 있다. 그것은 바로 한 해 동안 최고의 방송기량을 가진 최고의 승무원을 뽑는 최우수 방송왕 선발대회다. 1~8호선의 15개 승무사업소에서 최고의 방송기량을 가진 대표 승무원이 이 대회에 출전하게 된다. 최우수 방송왕 선발대회에서는 지진이나, 탈선, 화재 등 비상상황에서 얼마나 침착하고 얼마나 정확한 전달력을 구사하는지 평가한다. 또한 출전자 개인이 직접 작성한 1분 분량의 감성 창작 안내방송도 평가한다.

나는 입사 2년 차인 2019년에 이 대회에 처음 출전하게 되었다. 그러나 다른 소속 승무원들의 방송기량은 내가 가진 그 이상의 기량이었고, 아직 경험이 부족한 나에게는 너무 높은 장벽임을 뼈저리게 느끼게 한 대회였다. 이 대회에서 나는 입상권에 들지 못하고 빈손으로 돌아가야만 했다.

속상했다. 나름 열심히 준비했다고 생각했지만 그것만으로는 부족했던 것이다. 방송을 열심히 하고 칭찬 문자도 많이 받아서 자신 있다고 생각했다. 하지만 그것은 나의 큰 착각이었고 1등의 자리는 그저 부담스럽게 느껴졌다. 입상한 분들에게 진심 어린 축하를 전하고, 아쉬움을 뒤로한 채 나는 기어코 다음번에 한 번 더 도전하기로 다짐했다.

그렇게 1년이 흐르고, 2020년이 되었다. 예정대로라면 5월에 진행되었어야 할 방송대회가 우리를 참 힘들게 했던 코로나 때문에 열리지 않을 것 같다는 불안이 엄습했다. 그런 불안함을 가지고 있을 즈음, 승무사업소 부장님께 한통의 전화를 받게 되었다.

"원석 씨, 올해 방송왕 대회가 비대면 방식으로 열린다고 하니까 잘 준비해보세요!"

그렇다. 다시 한 번 출전의 기회가 주어졌다. 이번엔 기필코 1등을 놓치고 싶지 않다는 생각이 머릿속을 맴돌기 시작했다. 2019년에 비하면 2020년엔 방송 기량도 많이 발전하였고, 더불어 칭찬 센추리 클럽에 입성한 경력이 있기에, 다시 한 번 과감히 출사표를 던졌다.

그런데 이번 대회는 조금 특별한 방식으로 진행된다고 했다. 출전자가 한꺼번에 모일 수가 없어서 시간대를 나누어 지정된 시간에 사내방송실을 방문해 방송 기량을 뽐내야 했다. 사내방송실 현장에서 방송 문제를 추첨하고 5분의 준비 시간 동안 모든 방송 멘트를 준비해야 한다. 침대에서 벌떡 일어나 컴퓨터를 켠 후 '2019년 방송대회'라는 문서를 찾았다. 그리고 모든 내용을 뜯어 고쳤다.

결전의 날, 넥타이를 졸라매고 부장님과 함께 사내방송실로 향했다. 준비를 많이 해서 떨리지는 않았지만 녹음실의 무거운 분위기는 묘한 떨림을 주기에 충분했다. 나는 그동안 갈고 닦은 모든 것을 쏟아 부어 방송 멘트를 완성했다. 공통 문항과 추첨한 문항의 녹음을 순조롭게 마치고 숨을 크게 고른 뒤, 일주일 동안 준비했던 나의 창작 감성 방송 멘트를 녹음했다. 그 당시 실제로 녹음했던 방송 멘트를 그대로 옮겨본다.

승객 여러분 안녕하십니까.

오늘도 저희 지하철을 이용해 주셔서 감사합니다.

무더위가 가고 다시 옷차림이 두꺼워지는 가을로 접어들었습니다. 이런 가을의 기운을 한참 만끽할 때이지만 코로나로 인하여 조금은 조심스러울 것이라고 생각합니다.

어느덧 2020년이 100일도 채 남지 않았습니다. 남은 2020년도 열정을 가지고 의미 있게 잘 마무리하시기 바랍니다.

여러분들은 세상에서 가장 비싼 금이 무엇이라고 생각하시나요? 그것은 바로 여러분들 눈앞에 지나가는 '지금'이라고 생각합니다. 승객 여러분! 다시는 오지 않을 지금 이 순간을 항상 생각하시면서 오늘 하루도 즐겁고 알차게 보내시기 바랍니다.

더불어 저희 서울교통공사 승무원들도 승객 여러분들을 안전하게 모실 수 있도록 항상 노력하겠습니다.

감사합니다.


방송대회를 치르고 난 후, 얼마나 시간이 흘렀을까. 그날은 내가 곤히 단잠에 빠져있었던 것 같다. 그런 나에게 잠을 깨우는 뜻밖의 소식이 전해졌다.

'답십리 승무사업소 양원석 기관사 1등 최우수상. 축하합니다!'

팀장님의 문자 하나가 도착해 있었던 것이다. 전혀 예상하지 못했던 결과가 갑자기 찾아온 것이다. 서울교통공사 3,000여 명의 승무원 중 2020년에 방송으로서는 최고의 자리에 오르게 되었다.

물론 1등을 해서 좋은 것도 사실이지만, 그 전에 부족한 내가 큰 상을 받게 되어 감사하고 또 감사할 따름이다. 소장님께도 축하 전화를 받았고, 몇몇 선배님들에게서도 축하전화를 받았다.

그러나 후폭풍은 여기서 끝이 아니었다.

# 2020년 최우수 방송왕 선발대회 결과

☐ 입상자(8명)

| 구 분 | 소 속 | 직 급 | 성 명 | 점 수 |
|---|---|---|---|---|
| 최우수 | 답십리 | 7급 | 양원석 | 91.88점 |

》

최우수 방송왕 선발대회에서는 지진이나 탈선, 화재 등
비상상황에서 얼마나 침착하고 정확한 전달력을 구사하는지 평가한다

○ ◐ ○

# 나비 효과

내가 1등을 할 것이라고는 그 누구도 예상하지 못했다. 행여 나조차도 말이다. 1등 수상 이후 나와 가장 통화를 많이 한 부서가 바로 홍보실이다. 각종 언론 보도 및 방송 출연을 하기 위해서는 가장 먼저 홍보실 담당자와 사전 협의를 마쳐야 하며 승무사업소 소장님의 허가가 필요하다. 이때 여러 방송사에서 라디오 출연 섭외가 비 오듯 쏟아지기 시작했고 각종 언론사에도 나의 이야기가 보도되었다.

가장 먼저 출연하게 된 라디오 프로그램이 바로 MBC 라디오 〈표창원의 뉴스 하이킥〉이라는 프로그램이었고, 전화로 인터뷰를 진행하였다. 라디오 방송 하루 전 어떤 이야기를 주고받을지에 대한 내용이 들어 있는 대본을 방송국 관계자 분에게 전달 받았다. 나의 안내방송은 내가 탄 지하철 안에서만 들리고 끝이 나지만 라디오는 전국의 많은 청취자들이 듣고 있기 때문에 한 마디 한 마디 신중하게 대본 작업을 했다.

저녁에 시작한 라디오 프로그램에서 표창원 선생님과 약 8분가량의 전화 인터뷰를 진행했다. 시간이 없어서 많은 이야기를 나누지는 못했지만 많은 청취자들에게 기관사에 대해서 조금은 알릴 수 있었다는 데 뜻깊었다. 무사히 생방송을 마치고 나니 온몸의 기운이 빠지는 듯했다.

이튿날 나는 홍보실에서 또 다른 전화 한통을 받게 되었다. 이번엔 KBS에서 라디오 출연 제의가 들어왔는데 전화 인터뷰가 아닌 여의도에 있는 KBS 방송국 라디오 스튜디오에서 방송을 진행한다는 것이었다. 이 프로그램이 바로 출근길에 한번쯤은 꼭 들어보았던 〈조우종의 FM대행진〉이었고, 나도 흔쾌히 출연 승낙을 했다. 라디오 방송 당일. 나는 새벽 5시에 일어나 머리를 매만지고 옷장을 열었다. 사복을 입고 라디오 방송을 진행할 수도 있었지만, 나는 청취자들에게 조금 더 익숙하게 다가가기 위해 근무복을 선택했다.

차의 시동을 걸고 KBS 방송국이 있는 여의도로 출발했다.

방송국으로 가는 길에 부모님과 통화를 했다. 아들이 라디오에 출연하는 것을 지금껏 한 번도 경험하지 못하신 부모님 역시 주파수를 맞추고 기다리고 계셨던 것이다. 떨지 말고 재미있게 하고 오라는 아버지의 말씀을 뒤로 한 채 여의도에 도착했다. 나는 라디오 스튜디오 앞 대기실에서 주의사항 및 전달사항을 숙지한 후 사전에 전달 받은 대본을 가지고 라디오 스튜디오로 들어갔다. 이때 처음으로 조우종 아나운서님을 직접 만나는 순간이었다. TV에서나 보던 방송국을 직접 와보니 조금은 낯설기도 했지만 재빨리 평정심을 되찾았다. 광고가 나가는 동안 마이크 테스트를 하고, 라디오 PD의 큐 사인과 함께 〈FM대행진〉의 마지막 순서인 내가 출연할 스페셜 초대석 코너가 시작되었다.

라디오 출연은 태어나서 처음이었기에 많이 어색하고 쑥스러워서 모든 것을 보여주지는 못했다. 하지만 나의 선한 영향력을 전파할 수 있는 소중한 경험이 되었던 것 같다. 이후 또 다른 방송 프로그램에서 짤막한 뉴스 촬영을 끝으로, 나는 2020년 11월과 12월 두 달을 다양한 방송 출연을 하며 정말 정신없이 보냈다. 하지만 방송 출연이라는 색다른 경험을 통해 나 자신이 한 단계 더 성장할 수 있었던 것 같다.

나는 최우수 방송왕에 걸맞는 최고의 안내방송을 통해 승객들을 안전하고 편안하게 모시기 위해 항상 노력할 것이며, 더 즐거운 방송, 그리고 더 유쾌한 방송을 통해 지하철을 타는 사람들이 소소한 위로와 즐거움을 느낄 수 있도록 최선을 다할 것이다.

○ ◐ ○

# 잠시 쉬어가다

내가 사는 동네에는 작은 축구 모임이 하나 있다. 나는 운행이 없는 날에는 늘 이 모임에 참석해 동네 사람들과 즐거운 시간을 보내곤 한다. 그렇게 즐겁게 축구를 하던 어느 날, 내 인생에서 다섯 손가락 안에 들 정도로 끔찍한 일이 일어나 버렸다.

사건은 이렇다. 공중에 떠 있는 공을 손으로 잡기 위해 하체에 온 힘을 모아 점프하는 순간, 같이 경기를 하던 상대팀 선수가 나와 같은 방향으로 뛰어올랐고 결국 나와 상대팀 선수가 공중에서 무방비상태로 충돌하는 위험한 상황이 일어난 것이다. 문제는 여기서 발생했다. 착지를 하는 과정에서 내가 손으로 땅을 짚어버린 것이다. 체격이 제법 있는 나의 모든 하중이 왼쪽 새끼손가락에 실렸고, 땅바닥에 넘어진 나는 소리도 지르지 못한 채 골키퍼 장갑을 벗어 손가락의 상태를 확인했다. 그러나 나의 손가락은 내가 알던 내 손가락이 아니었다. 몰라볼 정도로 퉁퉁 부풀어 올라 있었다. 옷도 갈아입지 않은 채 곧장 병원으로 달려갔다. 급하게 X-RAY 촬영을 마치고 난 후 의사 선생님께서 나에게 이런 진단을 내렸다.

'좌측 제5수지 중위지골 관절 내 분쇄골절'

쉽게 말해서 새끼손가락 관절 안에 있는 뼈가 조각이 났다는 뜻이었다. 곧바로 정밀 검사를 위해 CT를 찍었다. 의료지식이 없는 일반인인 내가 봐도 정상이 아니었다. 정말 손가락이 망가질 대로 망가져 버렸다. 선생님은 8월 달력을 펼쳐 수술 일정을 잡아주셨다. 병원에 입원까지 해야 하는 상황이 발생한 것이다.

8월을 계획했던 나의 모든 일정들이 차질을 빚게 되었으며 당연히 수술이 끝나고 재활을 마칠 때까지는 5호선 열차를 운행조차 할 수가 없었다. 나는 전치 5주의 진단을 받은 것을 회사에 알리고, 입사 후 처음으로 병가를 내게 되었다.

휴양 관리를 제대로 못한 탓에 조금 후회스럽기도 했지만 소장님께서는 수술을 잘 받고 하루 빨리 돌아오라는 말씀을 해주셨다.

초등학생 때 머리를 다친 이후 처음으로 병원에 입원했다. 수술은 성공적으로 끝났고, 나는 손가락에 철심을 박은 채로 퇴원하여 본격적인 재활에 들어갔다. 물리치료와 열치료를 병행하며 손가락이 하루 빨리 제 기능을 되찾기를 바랐지만 뜻대로 잘되지는 않았다. 하지만, 하루 빨리 일터로 돌아가고 싶은 마음에 재활에 더 노력했고 내 손가락은 조금씩 제 기능을 되찾아 가고 있었다.

손가락 하나를 다침으로 인해 나의 일상도 바뀌었다. 먹는 것, 씻는 것, 옷 입는 것 등 사람이 기본적으로 하는 의식주가 너무나도 불편해졌다. 손가락에 차고 있는 보호대 또한 너무나 어색해서 적응하는데 며칠이 걸렸다. 무엇보다도 5주라는 시간을 집에서만 보내야 하다 보니 일상이 고달프고 지루함의 연속이었다.

하지만 그동안 너무 일만 바라보고 달려온 탓에 5주라는 시간을 오롯이 나 자신을 위해 사용할 수 있었다. 이때 책도 많이 읽고, 그동안의 나를 되돌아보는 시간을 가지면서 앞으로 어떤 일을 할지 계획도 세우는 등 차분하게 성찰의 시간을 가졌던 기회가 되었다. 시간이 흘러 나의 손가락은 뼈가 올바르게 자리 잡고 재활에도 더 속도가 붙어 일상생활이 가능한 수준까지 회복하게 되었다.

9월 첫째 주, 나는 37일간의 긴 휴식에 마침표를 찍고 회사로 복직했다. 30일 이상 운행을 하지 않았기 때문에 첫날엔 장기 부재자 보완교육을 받았다. 한 달 동안 타지 않았던 5호선을 다시 만나니 너무 반가웠다. 어색했던 감각도 다시 되찾을 수 있었다. 정말 다치면 아무것도 할 수가 없기에 이번 사고를 계기로 조심 또 조심하기로 다짐했다. 일상에선 언제 어디서 닥칠지 모르는 위험 요소들이 도사리고 있기 때문이다.

다음날 시작된 야간 근무를 하면서, 나는 완벽하게 5호선 기관사로 다시 돌아올 수 있었다.

○ ●● ○

# 온 힘을 다하는 자세

손가락을 다쳤던 즈음, 내가 운영하는 블로그에 한 수험생이 장문의 댓글을 남겼고, 그 댓글은 나의 지친 심신을 위로하고 치료해주는 것 같은 느낌을 받았다. 정말 내가 방송을 끝까지 해야겠다고, 소홀히 하지 않아야겠다고 마음먹게 해준 훈훈한 댓글이었기에, 그 이야기를 여기에 소개하려고 한다.

안녕하세요! 저는 매일 아침 청구 역에서부터 서대문 역으로 등교하는 고3 학생입니다. 성격상 고민이나 힘든 일이 있어도 부모님이나 친구들, 누구에게도 티를 안 내고 혼자 앓고 넘어가서 고민을 털어놓았던 적도, 위로를 받았던 적도 별로 없어서 위로를 받는 것이 어떤 것인지 잘 몰랐었어요.

고3이 되었는데 학교도 들쑥날쑥이고 학원은 계속되는 휴강에 수능도 미뤄지고 수험생 생활이 정말 한 치 앞도 볼 수 없어 불안해지더라고요. 늘 그랬듯 주변에는 씩씩한 척, 괜찮은 척하고 나조차도 그렇다고 생각했는데 몇 달 전 기관사님의 방송을 듣고 정말 큰 위로를 받았습니다.

평소와 똑같이 피곤한 몸으로 갑갑한 마스크를 끼고 지하철에 기대 눈을 감고 있었는데, 많이 고심한 듯 힘내라는 멘트가 피곤을 한순간에 씻겨줬어요! 약간 무뚝뚝한 편이라 누군가에게 따뜻한 말을 건네 본 적이 없었던 것 같은데, 단 3~4줄의 문장만으로 하루 종일 기분이 좋아질 수도 있다는 게 놀라웠어요. 그날 학교에서 친구들한테 하루 종일 자랑했던 것 같아요.

 아는 사람에게 위로와 응원을 받는 것은 약간의 부담으로 다가오기도 하는데 모르는 사람에게서 마치 나를 지켜본 것처럼 세심한 위로와 응원을 받으니 진짜 감동이더라고요. 저도 따뜻한 말 한마디 진심으로 건넬 줄 아는 사람이 되고 싶어졌고 기관사님께 감사의 말을 전하고 싶어서 찾아오게 되었어요! 그날 아침 방송은 정말 감사했습니다. 덕분에 정말 너무 기분 좋게 하루를 시작했어요! 어쩌다 보니 말이 길어져 버렸나 싶네요! 기관사님도 빠르게 회복하고 항상 기분 좋은 일만 가득하시길 바랄게요! 이 댓글이 기관사님께 조금이나마 힘이 되었으면 좋겠네요! 항상 안전운행해 주셔서 감사드려요!!

이 글을 보자마자 나는 눈물이 핑 돌았다. 보잘 것 없는 나의 안내방송 한마디에 한 수험생이 위로를 받았고 게다가 이런 장문의 글을 남겨준 것에서 나는 더 보람을 느끼게 되었다. 나는 이 수험생에게 진심 어린 답변을 남겼다.

답변을 남긴 나도 정말 기분이 좋았다. 어쩌면 나의 짧은 말 한마디가 이렇게 누군가의 인생에 도움이 되고 따뜻함을 줄 수 있다고 생각하니 더욱 힘이 났다. 다친 부위가 손가락이어서 답변을 남기는 데는 조금 시간이 오래 걸렸지만, 나는 진심으로 수험생을 위해 온 힘을 다하고 싶었다. 이렇게 승객과 소통하는 것이야말로 고된 업무와 일상 속에 최고의 위로가 아닌가 싶다.

안녕하세요. 먼저 코로나 사태에 분주한 일상을 보내시느라 너무너무 고생 많으십니다. 저는 올해로 3년째 5호선 열차 운행을 담당하고 있습니다. 어렸을 때부터 기관사가 꿈이었던 저는 입사 초기에 승객을 즐겁게 해드리자는 소박한 꿈을 가지고 이 일에 뛰어들게 되었습니다!

승객들과는 조금 동떨어진 1.5평 남짓한 운전실이라는 공간에서 저는 제 열차에 탄 승객들을 원하시는 목적지까지 안전하게 모셔다 드립니다. 행여 승객 여러분들에게 피해가 가지 않도록 열차를 운전하는 동안에는 초 긴장상태로 운전 업무에 임한답니다.

이렇게 어렵게 찾아주셔서 감사드립니다. 또 저의 따뜻한 위로의 방송으로 힘을 얻으셨다고 하니 정말 저로써도 감사할 따름입니다.

요즘 세상이 많이 변했습니다. 저는 각박한 일상을 보내는 승객을 위해 어떻게 하면 승객들에게 즐거움을 드릴 수 있는

지 매일매일 연구하고 있습니다.

　저는 돌아오는 9월 8일 다시 5호선 열차에 오를 예정입니다. 많이 회복 되었고 업무에 지장이 없다는 주치의 선생님의 진단이 떨어진 상태입니다.

　곧 대입을 앞두고 있으신데, 한 가지 말씀드리고 싶은 게 있습니다! 수능과 입시라는 것은, 사회로 나가는 첫 발판이라고 합니다. 하반기 입시 일정이 코로나로 인해 조금은 어수선하시겠지만 뜻하는 바 목표를 꼭 이루셔서 원하는 대학, 원하는 학과에 진학하시길 기원 합니다!

　다시 한 번 머리 숙여 감사드립니다.

열정이 가득한 하루를 보내신다고
고생한 여러분들에게 박수를 보냅니다.
오늘 하루 마무리 잘 하시고
맛있는 저녁밥 드시면서
즐거운 시간 보내시기 바랍니다.

○ ◑ ○

# 교류의 장소 승강장

　지하철에서 반드시 필요한 시설이 하나 있다. 바로 승강장이다. 승강장은 철도에서 화물이나 승객이 내리고 탈 수 있게 건설한 시설물이라는 뜻이다. 나도 운행을 하면서 수백 번을 거쳐 가야 하는 곳이 바로 승강장이다. 나는 지하철을 기다리는 사람들로 북적이는 승강장에 서 있는 사람들을 보며 여러 가지 생각을 하게 된다. 양복을 차려입고 멋진 넥타이를 매고 멋진 가방을 들고 있는 회사원, 학창 시절의 추억이 떠오르는 교복과 책가방을 메고 있는 학생, 보따리를 들고 어디론가 향하시는 할아버지, 할머니까지 다양한 사람들이 승강장에 모여 있다.

지하철 운전실에서는 승강장에 서 있는 승객들이 무사히 타고 내리는지 확인할 수 있는 CCTV가 설치되어 있다. 열차가 승강장에 도착하면 나는 CCTV를 통해 혹시 출입문에 끼이거나 물건이 빠지지는 않는지 심혈을 기울여 체크하고 있다. 그렇게 승객들이 무사히 내리고 타고 나면 출입문을 닫고 서둘러 다음 목적지를 향해 출발한다. 이 과정이 반복되고 반복되는 것이 바로 지하철 운행의 과정이기도 하다.

지하철 승강장은 옛날 지하철과 비교하면 많은 변화를 거쳤다. 초창기 지하철 승강장은 그저 승하차 용도로만 사용했었는데, 지금의 승강장은 다양한 볼거리, 그리고 각종 문화 공간으로 탈바꿈하고 있다. 가장 큰 변화는 바로 스크린도어의 탄생이다. 스크린 도어 설치를 통해 방지할 수 있는 것이 바로 인명사고인데, 인명사고가 일어나면 기관사는 엄청난 충격과 후유증을 겪게 된다. 현재 서울교통공사가 관할하고 있는 모든 역에는 스크린 도어가 설치되어 있어, 안전하고 편안하게 지하철을 이용할 수 있다.

승강장에 숨겨진 또 다른 매력은 바로 문화 공간으로의 재탄생이다. 서울의 일부 역사에 가보면, 그 역사의 인근 문화재나, 유적지를 본떠서 만든 문화공간이 있다. 이는 지하철을

>>
스크린 도어 설치를 통해 방지할 수 있는 것은 인명사고인데
인명사고가 일어나면 기관사는 엄청난 충격과 후유증을 겪게 된다

>>

5호선은

특히 축제나 행사가 있을 때 가장 분주해지는 노선이기도 하다 이용하는 외국인 승객에게 최고의 볼거리가 아닐 수 없다. 나도 운행이 없는 휴일에 몇몇 역사를 방문한 적이 있는데, 매번 지하철 운전실에만 있다가 그런 것들을 보니 새로운 세상에 온 것 같은 느낌을 받았다. 혹시 지하철을 타고 다니지만 체험해보지 못했다면 나중에 시간을 내서 한번쯤은 꼭 가보면 좋겠다. 이런 문화 공간이 조성된 역은 별도의 관람료가 없기 때문에 지친 일상을 보내느라 힘든 사람에겐 최고의 선물이 되지 않을까 싶다.

이렇게 승강장은 사람들이 왕래하고 문화가 있는 신비한 공간이라고 생각한다. 앞으로 지하철 승강장은 더 다양한 요소들이 탑재된 복합 공간으로 탈바꿈할 것이다. 지하철 역 밖에서만 할 수 있던 것들을 이제는 지하철 역 안에서 해결 할수 있는 시대가 조금씩 다가오고 있다. 이것이야말로 서울 지하철이 세계 최고 수준으로 인정받을 수 있는 비결이 아닌가싶다.

나에게 있어 승강장이라는 존재는 일터이자 집과 같은 존재이다. 항상 승무 교대를 하는 곳이 승강장이고, 또 운행의 마무리를 하는 장소 역시 승강장이기 때문이다. 오늘도 지하철 승강장에서는 저마다의 목적지를 가진 승객들이 열차를 기다린다.

○ ◐ ○

# 빨간불

운행을 하다 보면 여러 가지 상황이 발생하기 마련이다. 기관사는 그런 돌발 상황에서 침착하게 대처해 승객의 안전을 책임져야 한다. 실제로 운행 중인 열차 안에서 일어나는 모든 상황들은 기관사가 조치해야 하며, 기관사는 조치에 필요한 기기 취급 및 과정을 하나부터 열까지 모두 알고 있어야 한다. 나는 지금껏 운행을 하며 크고 작은 여러 가지 돌발 상황을 맞이한 경험이 있다.

수습 승무가 끝난 후 첫 단독운행을 할 때의 일이었다. 나는 이 날 애오개 역까지만 운행하는 종착 열차에 몸을 싣고 있었다. 그런데 열차가 마포 역에 진입하고 있을 때 갑자기 원인을 알 수 없는 이상 현상이 발생하여 객실 실내등이 일부 소등되었고, 전력계는 '0V'를 표시하고 있었다. 종착역인 애오개 역까지는 단 두 정거장만을 남겨놓은 상황에서 발생한 일이었고, 운행 당시 자정을 넘은 시간이었기에 첫 운행을 하고 있던 나는 깜짝 놀랄 수밖에 없었다. 운전실 내에 비치된 응급조치 매뉴얼을 보고 정해진 순서에 따라 열차를 정상으로 되돌리는 과정을 거쳤다. 다행히 큰 고장 없이 열차는 정상으로 되돌아왔고, 나는 예정된 도착시간보다 4분이 지체된 후 종착역인 애오개 역에 도착할 수 있었다. 첫 운행부터 이런 일이 발생하게 돼서 많이 떨리고 긴장이 가득했던 순간이었지만, 이 모든 과정들은 나에겐 소중한 경험이 되었다.

아무 일이 없으면 운행을 마치고 곧바로 퇴근을 하지만, 이런 상황이 발생하게 되면 운행 종료 후 승무사업소로 복귀하여 상황 보고서를 작성하게 된다. 상황 보고서는 해당 열 번, 및 차호 그리고 발생 시각 및 고장내용 등을 육하원칙에 따라 작성해서 상부에 보고하는 문서다. 이 보고서를 작성함으로서 차량의 결함 및 고장 부위를 신속하게 판단 후 정비하여 유사 사고를 방지하는데 기여한다.

두 번째 돌발 상황은 첫 번째보다 더 큰 상황이었다. 이날은 5호선 열차의 운행에 차질이 생기는 초유의 사태가 벌어진 날이기도 했다. 오전 11시쯤, 내가 운행하는 광나루 역으로 가는 내 열차에서 또다시 전압계가 '0V'를 가리키고 있었고, 운전 제어대의 고장 표시등에 빨간불이 들어왔다. 그러나 가벼운 고장으로 끝날 줄 알았던 나는 관제센터에서 하달하는 통제 명령을 듣고 이 상황이 일반적인 상황이 아님을 깨닫게 되었다.

"5호선을 운행 중인 전 열차에 관제센터에서 알립니다. 현재 광나루 역 인근 전차선 단전으로 인하여 인접구간 모든 열차 운행이 중지되고 있습니다. 각 열차 기관사님께서는 안내방송을 지속적으로 실시하시어 승객들이 동요하지 않도록 해주시고, 대체 교통편을 안내해주시기 바랍니다."

그렇다. 이 날이 바로 단전으로 인해 5호선 군자 역~강동 역 구간에 전기가 들어오지 않는 초유의 사태가 발생한 날이었다. 관제센터에서는 해당 구간을 운행 중인 기관사에게 이렇게 지시하였다. 반대편 열차에서는 열차의 일부가 승강장에 걸쳐있어 승객들이 모두 하차하고 있었고, 열차에서는 영문을 모르는 승객들이 비상 인터폰을 들고 상황을 묻기 시작했다. 나는 승객들이 동요하지 않도록 침착하게 목을 가다듬고, 다음과 같은 안내방송을 내보냈다.

> 차 내에 계신 승객 여러분께 대단히 죄송한 안내말씀 드리겠습니다. 현재 군자 역부터 강동 역 간 전력 공급계통에 이상이 생겨 열차에 전기가 들어오지 않아 운행이 불가능합니다. 현재 관계 직원들이 신속한 복구를 위해 최선을 다하고 있으며 복구가 완료되는 대로 우리열차 다시 출발할 예정입니다. 바쁘신 고객께서는 출구에 마련된 셔틀 버스를 이용해주시기 바랍니다. 열차 이용에 불편을 끼쳐드려 대단히 죄송합니다.

3분 간격으로 안내방송을 내보냈다. 이런 상황이 처음이었기에 등에서는 식은땀이 흘렀지만, 내 열차에 타고 있는 승객은 내가 지켜야 한다는 마음뿐이었다. 결국 10분이 지나도 복구되지 않아 관제센터에서는 단전 구간에 정차한 열차의 모든 시동을 끄라는 지시를 내렸다. 전동차의 배터리 전압을 보존하여 원활한 운행이 이루어질 수 있도록 모든 승객을 하차시킨 후, 출입문을 닫고 전동차의 시동을 완전히 꺼버린 채 운전실 안에서 다음에 내려질 지시를 기다리고 있었다.

상황이 발생한 지 40여 분 뒤, 관제센터에서는 다시 한 번 운행 통제 명령이 내려졌다.

"5호선을 운행 중인 전 열차에 관제센터에서 알립니다. 현재 군자 역~강동 역 구간 하행선의 전력 공급이 완료되었습니다. 해당 구간에 정차한 열차는 차량을 기동해주시고 차량 상태의 이상 유무를 관제센터에 보고해주시기 바랍니다."

내가 현재 위치한 곳이 광나루 역 하행선이었기에, 나는 전동차의 시동을 걸고 다시 운행을 시작했다. 오후 2시가 조금 넘어서야 전 구간의 급전이 완료되면서 상황은 마무리 되었고, 오전 8시쯤 차를 인계받은 나는 화장실 한번 제대로 가지도 못하고 점심식사도 하지 못한 채 오후 2시가 넘어서야 운전실에서 나올 수 있었다. 상황이 마무리되고 첫 끼니를 해결하기 위해 근처 중국집으로 가서 짜장면 한 그릇을 먹을 때, 5호선의 소식을 다루고 있는 뉴스가 나오고 있었다.

기관사는 이러한 이례 상황이 발생하면 당황하지 않고 침착하고 능숙하게 정해진 절차에 따라 응급조치를 해야 한다. 무엇보다도 승객의 안전을 최우선으로 생각해야 하며 수백 수천 명의 안전이 기관사에게 달려있다는 이유가 바로 여기에 있는 것 같다.

# 4 정 차 역

고민과 걱정, 힘들었던 마음은 모두
이 열차에 두고 내리세요

새벽 시간부터 열차에 오르신다고
대단히 고생 많으십니다.
잠은 많이 주무시지 못해서
조금 피곤하실 수는 있겠습니다만,
새벽부터 분주하게 움직이시는 여러분들이 계시기에
저도 더 힘내서 안전하게 모시도록 노력하겠습니다.
주변 공기와 몸은 많이 춥지만
마음만은 따뜻한 하루되시기 바랍니다.

○ ●○ ○

# 삶의 무게를 잴 수 있다면

야간 근무를 할 때면, 한 달에 한 번 정도는 차량기지가 아닌 중간 종착역에서 잠을 자게 된다. 이때는 전동차를 중간 종착역에 세워놓고 역무실 옆에 있는 승무원 침실에 들어가 쪽잠을 청한 후, 새벽 4시 30분에 일어나서 첫차 운행을 하고 퇴근을 한다. 5호선의 첫차는 5시 30분부터 운행을 시작한다. 그래서 5시부터 승객을 맞이한다.

화곡 역에서 첫차를 운행할 때의 일이다. 새벽 5시에 전력이 공급되기 시작하여 전동차에 시동을 걸고 있었는데, 얼마 지나지 않아 한 할아버지께서 지하철 앞을 서성이고 계셨다. 지하철 객실의 출입문을 여니 할아버지는 운전실 문 바로 앞에 있는 객실 자리에 앉았다. 출발 시간이 한참 남아서 객실 모니터 상태를 확인하러 나갔는데, 할아버지는 김밥을 드시고 계셨다. 그러다 나를 발견하고는 김밥을 급하게 가방에 넣으시더니 연신 죄송하다고 말씀하셨다. 새벽 시간대 이기도 했고 객실에는 할아버지 한 분 밖에 없었기에 나는 승객이 더 많아지면 음식물을 드실 수 없으니 지금 편하게 마저 드시라고 말씀드렸다.

지하철에서는 원칙적으로 음식물을 섭취하는 등 타인에게 불편을 주는 행위를 금지하고 있다. 하지만 꼭두새벽부터 일터로 나가셔야 하는 할아버지의 식사를 방해하고 싶진 않았다. 그렇지만 내가 할아버지의 식사를 막지 않은 진짜 이유는 따로 있었다. 바로 어렸을 적 나와 손잡고 함께 지하철을 타셨던 할아버지가 생각났기 때문이다. 친할아버지는 2019년에, 외할아버지는 2014년에 하늘나라로 떠나셨다. 나는 식사를 마치신 할아버지 옆에 앉아 짧은 이야기를 나누었다. 할아버지께서는 경비 일을 하고 있었는데, 연세에 비해 무척 건강해 보이셨다. 항상 이 시간대에 새벽 첫 지하철을 타고 아침 7시에 근무 교대를 하신다고 했다. 70대 중반의 연세에도 매일매일 새벽에 나오신다니, 참 대단하신 것

»

새벽부터 분주하게 움직이는 승객분들이 계시기에
나도 더 힘내서 안전하게 모셔야 한다는 다짐을 하게 된다

같다는 생각이 들었다. 할아버지는 함께 사시는 할머니가 계셨지만 지병이 악화되어 최근에 사별하셨다고 한다.

이야기를 나누는 동안 나는 할아버지에게서 언젠가 내가 마주했던 삶의 무게를 느꼈던 것 같다. 문득 35년간 군인 생활을 마치고 은퇴한 아버지가 떠올랐다. 강원도 화천이라는 조그마한 시골 동네에서 어머니와 남동생까지, 4인 가족을 책임지고 먹여 살리기 위해 얼마나 고생을 하셨을까. 아버지가 술 한잔 하시고 늦게 들어오셔서 바로 안방으로 들어가실 때 아무것도 몰랐던 나는 아빠가 놀아주지 않는다며 칭얼대기 일쑤였다. 그러나 시간이 흘러 20대가 되고 아버지와 똑같이 직장생활을 하게 된 나는 당시 아버지의 삶의 무게를 떠올렸다. 어쩌면 아버지는 그 술 한 잔에 위로받고 조금이나마 어깨에 쌓여 있는 삶의 무게를 조금 내려둔 것은 아니었을까 생각했다.

우리는 각자 분주하고 정신없는 삶을 살고 있다. 그 무게가 누군가에게는 가벼울 것이며, 누군가에게는 무거울 것이다. 나도 어렸을 땐 몰랐지만 어른이 되고 나니 그 무게가 더 무거워졌다는 것을 항상 생각한다. 그 무거운 무게를 짊어지고 꿋꿋하게 살아가는 사람들이 정말 대단하다고 생각한다. 각박한 세상에서 살아남기란 여간 쉬운 일만은 아니다. 어쩌면 전쟁터와도 같은 세상일지 모른다. 하지만 우리는 그런 상황 속에서도 오늘을 살아간다. 아침이 있으면 저녁이 있고, 오늘이 지나면 내일이 오는 것처럼. 우리의 삶은 쳇바퀴처럼 정해진 규칙에 따라 빙글빙글 돌고 있는 것이다.

》
즐겁고 행복한 일상을 다시 되찾을 수 있는 날이
반드시 올 것이라 믿어 의심치 않는다

○ ● ○

# 봄은 찾아온다

2020년은 정말 우리 국민 모두가 힘든 시기를 보냈던 한 해이기도 하다. 우리가 당연하다고 생각하며 누렸던 여러 가지 일들에 제약이 걸리고, 또 평범한 일상을 빼앗겼다. 바로 전 세계를 강타한 코로나19 때문이다. 더욱이 이제는 안 쓰는 게 더 이상할 정도로 일상의 일부분이 되어버린 마스크 착용까지. 여러 가지로 우리 일상을 뒤흔들어 놓았다.

코로나로 인해 항공, 버스 등등 대중교통 상황이 많이 좋지 않았다. 지하철도 코로나의 영향을 많이 받았고, 승객들은 코로나로 일부 감소세로 접어들기 시작했다. 지금도 지하철에서는 마스크를 안 쓴 사람을 찾아볼 수 없을 정도로 모두가 방역수칙을 준수하며 지하철을 이용하고 있다. 아침 출퇴근시간에 열차를 운행할 때면 예전보다는 승객이 많이 줄어들었음을 온몸으로 느낀다. 코로나가 미치는 파급 효과가 이만 저만이 아닌 것은 사실이다.

코로나로 인해 기관사의 근무 환경도 많이 변했다. 행여 운행 중에 집단감염이 발생하지 않도록 열차는 수시로 방역 및 소독 작업을 하고 있으며, 기관사 또한 운행을 하는 시간 내내 마스크를 절대 벗지 않는다. 혹시 모를 감염 방지를 위해 승객과의 접촉도 가급적 피하려고 하는 편이다.

나는 입사를 하고 난 이후 1년에 한 번은 꼭 해외에 나가 다양한 문화를 경험하자는 목표를 가졌었다. 그러나 그 목표가 깨져버린 것이 바로 2020년이다. 해외로 나가면 한국에서는 볼 수 없는 신기한 풍경들과 볼거리들이 날 반겨준다. 그것을 마음껏 체험하고 느끼는 것을 통해 나는 열차 운행으로 인해 쌓인 육체적 피로와 정신적 피로를 한꺼번에 해소하고 재충전의 시간으로 삼았었기에 나에게는 정말 소중한 시간이었다. 하지만 아쉽게도 코로나가 종식될 때 까지는 해외여행은 다음으로 기약할 수밖에 없다.

하루 빨리 코로나가 종식되어 마스크를 벗고 예전처럼 돌아가고 싶은 마음이 항상 든다. 그러나 확산세가 진정 국면으로 들어갈 때까지는 서로가 더 조심해야 하며 마스크 착용을 생활화하는 것만이 현재로서는 최고의 예방책임에 틀림없는 것 같다.

빼앗긴 들에도 봄은 찾아온다고 했다. 우리가 언젠가는 이 위기를 함께 이겨내고 극복해서 즐겁고 행복한 일상을 다시 되찾을 수 있는 날이 반드시 올 것이라 믿어 의심치 않는다. 그때까지 우리 모두가 조금 더 힘을 내서 이 바이러스를 이겨낼 수 있을 것이라 생각한다.

○ ◐ ○

# 한줄기 빛

　기관사는 다른 직업에 비해 유독 시간에 촌각을 다투는 민감한 직업인 것 같다. 열차가 정시에 운행되어야 함은 물론이요, 그것은 곧 승객과의 약속이기 때문이다. 열차 또한 1분 1초라도 늦는 일이 없도록 정해진 시간에 승객들을 안전하게 이동시켜야 하는 임무를 가지고 있다.

　요즘, 사람들은 시간에 쫓겨 살고 있는 듯하다. 매일 아침 핸드폰에서 울리는 알람소리에 졸린 눈을 비비고 일어나 나갈 준비를 한다. 그리고 거울을 바라볼 틈도 없이, 해가 뜨기 시작함과 동시에 출근길로 뛰어든다. 이제 직장에 도착

사람들의 따뜻한 마음을 느끼다 보면
운전을 하느라 지쳐버린 나에게는 큰 힘과 위로가 된다

하면 업무와의 사투를 치른다. 저마다 맡은 업무를 바삐 수행하다 보면 어느새 해는 중천에 떠 있고, 짧은 점심식사에 달디 단 휴식을 취한다. 그러곤 다시 일터로 돌아간다. 그렇게 하루를 마무리하고 퇴근길에 오른 지하철의 승객들을 자세히 보면 누군가는 단잠을 청하고 누군가는 음악을 들으며 누군가는 친구나 지인과 못 다한 이야기를 나누기도 하며 누군가는 가만히 앉아 있기도 한다. 하루의 모든 에너지를 다 소비한 탓에 퇴근길의 승강장은 지친 기색의 사람들이 대부분이다. 그런 승객들을 위해 나는 퇴근길에 가끔 이런 방송을 하곤 한다.

승객 여러분 안녕하십니까. 오늘 하루가 다 저물어가고 벌써 저녁 시간이 다가오고 있습니다. 여러분들은 오늘 하루를 어떻게 보내셨나요? 각자의 자리에서 최선을 다하시느라 정신없는 하루가 아닐 수 없었을 것입니다. 오늘 하루도 직장에서 일하시느라 또 학교에서 공부하시느라 대단히 고생 많으셨습니다. 아침 출근길의 발걸음이 많이 무거웠다면, 집으로 돌아가는 발걸음은 이 세상 그 누구보다 가벼운 발걸음이 되셨으면 좋겠습니다.

이제 집으로 돌아가시면 사랑하는 가족들이 여러분을 기다리고 있습니다. 혹시 혼자 사시는 분이 계시면 시간을 잠깐 내어서 부모님과 짧은 전화 한 통 어떠신가요? 저녁식사 맛있게 하시고 오늘 하루 잘 마무리하시기 바랍니다.

방송이 끝나고 나면 지하철을 내리면서 운전실 창문으로 짧은 인사를 건네주는 고마운 승객도 있고, 또 음료수를 건네주는 승객도 있다. 어쩌면 나는 당연한 일을 했을 뿐이지만, 이렇게 생각해주는 사람들이 있어 세상은 정말 따뜻하다고 느낀다. 이렇게 사람들의 따뜻한 마음을 느끼다 보면 운전을 하느라 지쳐버린 나에게는 큰 힘과 위로가 된다. 마음으로 응원해주는 많은 승객들 때문에 나는 그분들의 출퇴근길을 항상 즐겁게 해주고 싶은 마음이 있다. 집에서 일터로 또 일터에서 집으로 매번 왕복하는 일상이지만 그들의 일상 속에서 나의 짧은 안내방송 한마디가 한줄기 빛으로 전해졌으면 좋겠다. 그리고 항상 활기찬 모습을 유지할 수 있도록 힘을 내면 좋겠다.

덕분에 소중한 생명을 구할 수 있었습니다.
초동 조치에 도움을 주신 세 번째 칸 승객 분에게
다시 한 번 감사드립니다.
도와주신 승객 분들과
묵묵히 기다려주신 수많은 승객 여러분.
저는 내 열차의 승객은 내가 지킨다는 마음으로 항상
여러분들을 안전하게 모실 수 있도록
최선을 다하겠습니다.

○ ●○ ○

# 비상 경보음

기관사 생활을 하면서 여러 가지 일들이 많이 있었지만, 그중에서 나를 가장 떨리게 했던 것은 바로 객실 내 응급환자가 발생했을 때였던 것 같다. 실제로 운행 중에 승객에게 무슨 일이 생긴다면 기관사인 내가 바로 현장으로 뛰어가야 한다. 지하철 객실 양 끝에 가보면 승무원과 통화할 수 있는 비상 인터폰이 설치되어 있는데, 이 인터폰은 정말 급박한 상황이 아닌 이상 절대로 만지면 안 된다. 상황에 따라서는 열차를 멈춰야 할 수도 있기 때문이다.

어느 날 퇴근 시간이었다. 열차를 운행하고 있던 중에 갑자기 운전실에 승객 비상경보음이 울리기 시작했다. 한 승객이 누군가 쓰러졌다고 긴박하게 날 호출한 것이었다. 나는 침착하게 칸 번호를 확인한 후, 관제센터에 이 사실을 보고했다. 관제센터에서는 다음 역에 도착해 승객의 상태를 확인하라는 지시를 내렸고, 나는 목동역에 도착하자마자 마이크를 들고 응급환자가 발생해 열차를 잠시 정차시킨다는 안내방송을 내보냈다. 그리고는 허겁지겁 세 번째 객실로 뛰어갔다.

서울교통공사에서는 신입사원 연수를 받을 때 구급법 교육을 꼭 받는다. 응급 상황이 생길 경우 119 구급대원이 도착하기 전까지 최소한의 응급 처치를 해야 하기 때문이다. 실제로 한 역무원의 신속한 초동 응급 처치로 심정지 환자를 소생시켰던 사례도 있었다.

객실에 도착한 나는 승객들의 도움을 받아 환자를 열차 밖으로 안전하게 이동시켰고, 신체를 압박하고 있던 벨트와 단추 등을 모두 풀었다. 그리고 입과 코 근처에 귀를 대고 호흡은 정상적으로 하고 있는지 확인 후 괜찮다는 신호를 받았다. 그리고 함께 내려와 있던 역무원과 함께 승객의 상태를 계속 확인했다. 3분여 쯤 지난 후 곧바로 들것을 든 119 구급대원이 도착했고, 나는 119 구급대원에게 환자의 상태를 정확히 전달했다. 긴박한 상황이 마무리되고 한숨 돌렸을 때 승객들이 모두 박수를 치기 시작했다. 나는 내 열차에 탄 승객은 내가 지킨다는 생각으로 내가 할 수 있는 모든 조치를 취했던 것 같다. 승객들에게 짧은 인사를 마치고 제자리로 돌아와 마이크를 들고 다음과 같은 안내방송을 내보냈다.

> 승객 여러분 감사합니다. 여러분 덕분에 소중한 생명을 구할 수 있었습니다. 초동 조치에 도움을 주신 세 번째 칸 승객 분에게 다시 한 번 감사드립니다.
>
> 저를 도와주신 승객 분들과 묵묵히 기다려주신 수많은 승객 여러분. 저는 내 열차의 승객은 내가 지킨다는 마음으로 항상 여러분들을 안전하게 모실 수 있도록 최선을 다하겠습니다.
>
> 우리 열차는 예정된 시간보다 약 4분 늦게 운행될 예정입니다. 여러분들께서 이해해주시고 또 기다려주셔서 감사합니다. 열차 출발하겠습니다.

혼잡한 상황 속에서 갑자기 터져버린 급박한 상황이었지만, 소중한 생명을 구하기 위해 당황하지 않고 침착하게 대응하려 했던 것 같다. 나는 오늘도 승객을 지키기 위해, 항상 안전 운행을 위해 노력하고 있다. 그것이 내 사명이라고 생각한다.

○ ◑ ○

# 꼭 직진이 아니더라도

5호선을 운행한 지도 수많은 시간이 흘렀다. 처음 입사할 때의 마음가짐을 지금까지 잘 유지하고 있지만, 이 마음이 과연 언제까지 갈 수 있을까? 매번 생각해본다. 항상 즐거운 마음으로 열차에 오르자고 다짐하고 또 다짐하지만, 사실은 그러지 못할 때도 종종 있다. 반복되는 열차 운전업무 탓일까, 나도 사람인지라 가끔은 지치고 힘들 때가 있다. 그런 때가 오면 나는 가급적 마이크를 잡지 않고 나 자신을 돌이켜 본다. 그러면서 내가 왜 지치고 힘든지 그 이유를 찾아보는데, 나는 결국 그 해답을 지하철에서 찾을 수 있었다.

>>
우리는 각자의 주어진 목표를 향해 오늘도 전진하고 있다

지하철은 좌회전, 우회전 없이 앞만 보고 직진한다. 나는 지난 수년간 브레이크 없는 지하철처럼 앞만 보고 달려왔다. 그러다 보니 옆을 보지 못해 나 자신을 돌아볼 시간을 주지 않았던 것이다. 가끔씩은 휴식도 필요한데, 나는 그러지 않았다. 실제로 입사 동기들보다 유독 휴가를 적게 낸 것도 그 증표 중 하나이다. 한 친구와의 전화통화에서도 내가 앞만 보고 달려온 것이 걱정되었는지 쉬엄쉬엄 하라는 위로의 말 한마디를 듣고 나서, 나는 잠깐이나마 생각에 빠졌다. 그래서 요즘은 나를 위해 쓰는 시간을 늘리기 위해 노력하고 있다. 그동안 해보지 못했던 여러 가지 일들을 하고, 또 만나지 못했던 주변 사람들을 만나면서 그동안 하지 못했던 이야기를 나누곤 한다. 이렇게 시간을 보내면 열차 운전으로 지쳐버린 마음을 조금은 달랠 수 있어서 한편으론 다행처럼 생각된다.

요즘 내가 가장 마음에 두고 있는 멋진 말이 하나 있다. 세상에서 가장 비싼 금은 과연 무엇일까? 그것은 바로 내 눈앞에 지나가는 '지금'이 아닐까 싶다. 한번 지나가면 다시는 돌아오지 않을 지금 이 순간을 후회 없이 항상 유익하고 알차게 보내야 한다고 생각한다. 때로는 힘들고 때로는 아무것도 하고 싶지 않을 때가 분명히 찾아올 것이다. 하지만 꿋꿋하게 그리고 떳떳하게 세상을 향해 일어섰으면 좋겠다. 황금, 순금, 백금보다도 더 비싸고 값진 금인 '지금' 이 순간을 위해서 말이다.

아침에 승강장의 모습을 볼 때마다 승객들은 고개를 숙이고 있거나, 지쳐 있는 모습이 많이 보인다. 하지만 나는 그들을 위해 잠깐의 소박한 웃음과 따뜻한 즐거움을 함께 줄 수 있는 사람이 되려고 한다.

우리의 삶은 쉴 틈 없이 분주하기에 우리는 각자의 주어진 목표를 향해 오늘도 전진하고 있다. 하지만 삶을 살아가는 중에 한 번쯤은 잠시 가던 길을 멈추고 잠시 자신을 돌아보는 시간을 가졌으면 좋겠다. 아마 그곳에서 미처 발견하지 못한 나 자신의 또 다른 모습을 찾아볼 수 있을 것이다.

오늘 하루도 대단히 수고 많으셨습니다.
고민과 걱정 , 힘들었던 일이 있으시다면
열차에 모두 두고 내리시기 바랍니다 .

○ ◐ ○

# 60,000km 지구 한 바퀴 반

처음 수습 기관사 생활을 할 때 언제쯤 혼자 운행을 할 수 있을까 생각하며 그날만을 손꼽아 기다렸던 것 같다. 그런데 지금은 벌써 5년차에 접어들었다. 많은 일들이 있었고, 가늠할 수 없을 정도로 시간은 아주 빠른 속도로 흘러갔다.

답십리 승무사업소에 몸담고 있었던 선배님들도 연말이 되면 한두 분씩 퇴직을 하게 된다. 30년이 넘는 시간을 한 직장에서 묵묵히 본연의 임무에 충실했던 선배님들이 떠나는 모습을 보니 조금은 섭섭하기도 하고 아쉬움이 남기도 한다. 특히 선배님들은 내 아버지와 비슷한 연배이신 분들이 많아

늘 나를 아들처럼 자상하게 대해주었다. 나도 언젠가는 선배님들처럼 퇴직을 맞이하게 될 날이 올 것이다. 물론 아직 정년까지는 30년이 넘게 남았기 때문에 아직 나에겐 먼 이야기인 것 같지만 한 분 한 분 퇴직하실 때 마다 조금씩 가까워진다는 생각을 한다. 나는 부끄러움 없이 후배들에게 존경받는 선배로 명예롭게 퇴직하고 싶은 마음이 있다.

2021년을 기점으로 나는 어느덧 무사고 60,000km를 달성했다. 지구 한 바퀴 반에 해당하는 거리이기도 하면서, 서울과 부산을 약 68회 왕복한 거리이며, 5호선의 끝과 끝을 약 570회 정도 왕복한 거리이다. 나는 매번 운행을 시작할 때마다 생각나는 것이 있다. 그것은 바로 오늘도 아무 일 없이 운행을 무사히 잘 마쳤으면 좋겠다는 것이다. 정해진 스케줄에 따라 운행을 마치고 아무 일 없이 무사히 근무가 종료되면 몸과 마음이 한결 가벼워진다. 항상 같은 곳을 운행하지만 나는 매번 다른 시간대에 운행하기 때문에 매번 다른 승객들을 만난다. 주로 아침 시간대에는 분주한 직장인들이나 학생들이 많이 타지만 낮 시간대에는 주로 어린아이들과 부모님들이 타는 경우가 많다. 특히 5호선은 광화문이나 여의도 등 주요 도심 거점을 경유하는 노선이기 때문에 직장인 승객의 비율이 압도적으로 높기도 하고 특히 축제나 행사가 있을 때 가장 분주해지는 노선이기도 하다.

그중 하나가 바로 여의도 불꽃축제다. 실제로 불꽃축제가 있었던 날 운행을 했던 적이 있어 그 혼잡함을 직접 경험해 봤다. 정말 말로는 표현할 수 없을 정도다. 승객이 밀집해 있으면 안전 사고의 위험이 높고 부상자가 발생할 우려가 있기 때문에 실제로 불꽃축제를 관람하는 장소인 여의나루역을 정차하지 않고 통과했던 적이 있다.

명절이 되어도 기관사는 정해진 스케줄에 따라 열차 운행을 해야 한다. 나는 부모님이 비교적 멀지 않은 곳에 거주하고 계셔서 명절이 다가오면 명절 전후로 따로 시간을 내어 다녀온다. 올해 설날에도 운행 일정이 잡혀 있어 귀성길 대신 출근을 했다. 물론 휴가를 사용해서 다녀올 수도 있지만, 특별한 일정이 있지 않는 이상 휴가를 내지 않고 열차에 오른다. 새해 복 많이 받으시라며 운전실 문을 두드려 귤과 식혜를 건네주던 꼬마 손님은 아직도 내 머릿속에서 떠나가지 않는다.

가끔 지하철을 운행하다 보면 승강장 맨 앞에서 운전실을 뚫어져라 쳐다보는 어린아이들이 보인다. 어머니, 아버지와 함께 운전실을 향해 손을 흔드는 아이들의 모습을 보면 나 또한 웃으며 손을 흔들어 준다. 그런 아이들을 볼 때마다 어렸을 때의 내 모습이 너무 생생하게 떠오르기 때문이다. 어렸을 적 나도 어머니와 지하철 2호선을 탈 때 열차의 맨 앞에 가서 기관사님에게 손을 흔들었던 기억이 있다. "고맙습니다"라고 진심 어린 배꼽인사를 했던 어린 시절의 나의 머리를 쓰다듬어주었던 기관사님이 떠오른다.

지하철은 우리들의 삶의 이야기가 가득하다. 이 안에는 따뜻하고 인정 가득한 그야말로 '사람' 이야기가 있다.

60,000km를 달리는 동안 정말 다양한 승객들과, 사람들을 마주쳤다. 나의 원동력이 되어준 따뜻한 미소에 감사하며, 앞으로도 아무 사고 없이 안전 운행하는 것을 바라고 또 바란다. 60,000km를 넘어 600,000km가 될 때까지, 승객들의 발이 되어 명예롭게 근무복을 벗을 수 있는 그날까지. 캄캄한 터널을 지나 언젠가 도착할 나의 정차역, 가장 보람차고 아름다울 그날을 기약한다.

저는 변함없이 오늘도
승객 여러분들을 안전하게 모시기 위해
최선을 다할 것을 약속합니다.

기관사 직업 가이드

>>
현장실습을 통해 실제 기관사들의 업무를 함께 체험한 것은
내가 공부하는 데 가장 큰 원동력이 되었다

○ ◐ ○

# 철도 전기·기관사과

고등학교 3학년, 흔히 고3이라 불리는 한 해는 우리 인생에서 가장 중요한 시기로 손꼽힌다. 그래서 고등학교 선생님 중에서 3학년을 담당하는 선생님들은 그 고생이 배가 되기도 한다. 또한 학창시절의 마지막 1년으로 진로와 인생을 결정 짓기 때문에 가장 신경을 많이 쓸 시기이기도 하다.

입시 시즌이 되면 각자의 성적에 맞추어 여러 대학교를 지원한다. 사실 나는 4년제 대학교를 입학할 만큼 성적이 그다지 좋은 편은 아니었다. 한숨만 쉬며 입시 시즌을 보내던 어느 날, 담임 선생님께서 날 호출하셨다. 오후에 소강당에서 모 전문대학교의 입학 설명회가 있는데 철도학과가 있다고 해서 내가 꼭 가봤으면 좋겠다고 말해주셨다. 그래서 같은 반 친구 한 명과 함께 입학 설명회를 다녀왔다. 이 학교가 바로 나의 첫 대학교인 '경북전문대학교'이다. 입학 설명회를 다녀온 나는 홍보 담당 교수님과 함께 조금 더 구체적인 이야기를 나누는 시간을 가졌다. 그리고 친구와 함께 입학 지원서를 제출하였다. (이 친구는 훗날 나와 같은 회사에 입사하게 된다.)

그러나, 나는 이 사실을 부모님께 알려드리지 않았다. 전문대는 절대 안 된다고 말씀하셨던 어머니 때문이었다. 이 사실을 알게 되는 순간, 입학 지원도 하지 못하고 내가 원하는 공부도 못한 채 기관사의 꿈을 허망하게 접어야 할 수도 있었기 때문이다. 그래서 면접날이 될 때까지 이 사실은 부모님에겐 극비에 부쳤다.

면접 당일, 나는 친구와 함께 경북 영주시로 떠났다. 달리는 버스 안에서 부모님에게 장문의 문자를 보내며 내가 전문대에 지원한 사실, 그리고 지금 면접을 보러 가고 있다는 것과 기관사를 절대 포기할 수 없다는 모든 내용을 말씀드렸다. 나는 면접을 마치고 부모님의 불호령이 떨어질 것을 예상하고 집에 돌아왔지만, 막상 집에 도착하니 부모님께서

는 고생 많았다고 위로해주시며, 아버지께서는 열심히 해보
라는 조언과 함께 거하게 통닭 한 마리를 시켜주셨다. 닭 한
마리를 앞에 두고 그동안 부모님께 말하지 못했던 고민들을
모두 털어놓았다.

　면접 결과는 다행히 합격이었고, 나는 경상북도 영주시에
서 첫 대학 생활을 시작하게 되었다. 사실 담임 선생님의 권
유가 아니었다면 이 학교를 알지도 가보지도 못했을 것이
다. 나는 그렇게 '철도 전기 · 기관사과'라는 학과에 진학하
여 철도에 관한 전반적인 기초 지식에 대해 공부하게 되었
다. 대학에서 공부를 하며 한 가지 느낀 점은 고등학교 공부
보다 훨씬 흥미 있고 재미있었다는 점이었다. 철도관련법
령, 철도공학, 기초물리학 등 기관사가 되기 위해 반드시 알
아야 할 기본 과목들을 하나하나 배웠다. 물론 고등학교 때
와는 비교할 수 없을 정도로 양도 많고 해야 할 것도 많았지
만, 항상 즐거운 마음으로 공부했었던 것 같다. 특히 현장실
습을 통해 실제 기관사들의 업무를 함께 체험한 것은 내가
공부하는데 있어 가장 큰 원동력이 되었다.

　학기가 끝나고 방학이 되면 친구들은 각자의 고향으로 내
려가서 방학을 보내곤 했지만 나는 고향으로 돌아가지 않고
기숙사에 남았다. 4년제 대학 편입을 준비하고 있었기 때문

이다. 나는 전문대를 졸업하고 필요한 공부를 더 이어 나가고자 편입 절차를 밟았다. 내가 편입을 하게 된 두 번째 학교는 대전광역시에 위치한 '우송대학교'이며, 이곳에서 두 번째 대학생활을 시작하였다. 하지만 더 중요한 철도차량 운전면허 필기시험이 나를 기다리고 있었다.

# 철도차량 운전면허 취득

## 철도차량 운전면허 첫 관문: 철도차량 교육훈련 수료증

기차나 지하철을 운전하는 기관사가 되려면 반드시 취득해야 하는 자격증이 하나 있다. 그것은 바로 '철도차량 운전면허'라는 자격증이다. 그러나 이 자격증은 일반 자격증과는 달리 취득 과정이 상당히 복잡하다. 약 500만 원 정도 되는 교육비를 감당해야 하고, 3개월 동안 방대한 양의 내용을 공부해야 한다. 나는 여름방학 기간에 진행되었던 철도차량 운전면허 대비 특별교육 프로그램에 참여해 방학에 집에 돌아가지 않고 학교에 남아 전동차를 공부했다. 그동안 타고 다니기만 했던 지하철을 하나부터 열까지 들춰보니 상상 이상의 난이도를 자랑하고 있었다.

교육 준비를 마치고 본격적인 교육이 시작되었다. 경기도 의왕시에 위치한 한국철도공사 인재개발원이라는 곳에서 나는 42명의 동기들과 함께 12주라는 기간 동안 운전면허 취득을 위한 질주를 시작했다. 주 변환기, 주회로 차단기 등등 생전 들어보지 못했던 것들을 머릿속에 넣으려고 하니 여간 정신이 없었지만 힘든 과정 속에서도 항상 즐거운 마음으로 공부했었던 기억이 난다. 그러나 이론 공부만으로는 이 내용들을 완전하게 내 것으로 만들기에는 역부족이었다. 시간이 흘러 기능 교육과 전동차 실습의 시간이 주어졌을 때, 나는 그동안 책에서만 주구장창 외웠던 각종 기기들과 전동차를 처음으로 내 눈앞에서 보게 되었다. 아마 그동안 이해하지 못했던 것들이 한꺼번에 이해가 되었을 때도 이 시기였던 것 같다. 백문이 불여일견 이라고 했던가. 역시 눈으로 보는 것이 가장 생생하고 기억에 많이 남았고, 최선을 다해 교육에 임했다.

전동차는 상당히 복잡한 기기였다. 하지만 기능 교육 과정 중 실제 전동차를 똑같이 본떠서 만든 모의운전 연습기에서 운전 연습을 했던 생생한 경험은 내 머릿속에서 떠나질 않았다.

12주라는 시간이 왜 이렇게 짧게만 느껴졌을까. 기관사라는 꿈을 가지고 이곳에 왔을 때, 모든 것이 설레고 즐거웠다. 교육을 마치고, 나를 포함한 43명의 교육생들은 4월에 있을 필기시험에서 모두 좋은 결과를 가져오자는 결의를 다지며 단체 사진 촬영을 끝으로 교육을 마쳤다. 담당 교수님께 교육훈련 수료증을 받게 됨으로써, 철도차량 운전면허 필기시험을 볼 자격이 갖추어졌다.

## 철도차량 운전면허 ⑴ 필기시험

필기시험을 준비하는 과정은 지옥의 연속이었다. 필기시험은 크게 다섯 가지 과목으로 나누어져 있다. 철도관련법, 도시철도시스템 일반, 전동차의 구조 및 기능, 운전이론, 비상시 조치, 총 다섯 가지 평가 과목에서 과목당 최소 40점 이상 득점해야 하며, 전체 평균 60점 이상을 맞아야 합격하게 된다. 그러나 철도관련법 과목은 다른 과목들과는 달리 60점이 나오지 않으면 전체 시험에서 불합격하게 된다.

교육을 수료하고 필기시험까지 남은 시간은 두 달 남짓한 시간이었지만, 잠자는 시간을 줄여가며 모든 노력을 쏟아 부었다. 이 시기에 편입까지 하게 되어서 학교 공부와 면허 시험 준비를 병행해야 했기에 육체적으로 정신적으로 한계에 봉착했다. 하지만 내 꿈을 현실로 만들어 내기 위해서는 지금 하는 고생이 내 미래를 위한 투자라는 생각으로 하루하루 열심히 공부했다.

필기시험 날, 2시간 50분의 긴 사투를 끝내고 나는 후련한 마음으로 시험장에서 나왔다. 사실 시험을 망친 것 같아서 조금은 허탈하고 우울한 마음도 있었지만 그런 모습을 부모님께 보여드리고 싶지 않았다. 그렇게 결과 발표까지 로봇처럼 5일을 보낸 후, 나는 떨리는 마음으로 시험 접수 홈페이지에 들어가 합격자 발표를 보았다. 그런데 이게 웬일일까, 불합격이라고 생각했던 나는 전체 평균 60.5점이라는 기이한 점수로 철도차량 운전면허 필기시험에 합격했다. 한 문제라도 더 틀렸으면 합격은 상상도 할 수 없었다. 그러나 이 기쁨은 그리 오래 가지 않았다. 바로 다음 달에 있을 기능 시험을 준비해야 했기 때문이다.


**철도차량 운전면허 (2) 기능시험**

필기시험 준비만큼 기능시험 준비 또한 고난의 연속이었

다. 철도차량 운전면허 기능시험은 교통안전공단 시험장에 있는 모의운전 연습기를 활용한다. 특히 시험 응시료가 242,000원이나 들어가기 때문에 필기시험과는 달리 운행 중 일어나는 모든 상황에 대한 신속한 대처를 요구한다. 하루 빨리 잃어버린 감각을 되찾으려, 연습에 매진했다. 한 달 뒤 면허교육을 받았던 곳과 그리 멀지 않은 곳에 위치한 기능시험장에서 나는 50분이라는 기나긴 시간에 그동안 준비한 모든 것을 쏟아 부었다.

기능시험까지 종료되니, 기관사가 되는 과정이 정말 쉬운 길이 아닌 것임을 다시금 깨달을 수 있었다. 하지만 나의 꿈이자 오랜 목표였기에 쉽게 포기할 수 없었다. 너무 힘들 때에는 그만두고 싶은 마음도 있었지만 차마 그럴 수는 없었다. 그때마다 내 자신을 채찍질하며 다시 처음으로 돌아갔다. 지금 생각해보면 참 다행이었다는 생각이 든다.

기능시험 발표 당일, 나는 백두산을 오르고 있었다. 그리고 백두산 정상에 올랐을 때는 이미 합격자 발표가 난 상태였다. 정말 특이하게도 나는 백두산 정상에서 합격 소식을 전해 들었다. 함께 백두산을 올랐던 사람들에게 많은 축하를 받았다. 숙소로 돌아와 함께 동행했던 분들이 축하 파티를 마련해주었고, 즐거운 마음으로 합격 파티를 즐겼다.

나는 백두산 여정을 마치고 곧바로 교통안전공단 서울지역본부에 방문하여, 내 이름 석 자가 새겨진 철도차량 운전면허증을 발급받았다. 총 8개월이라는 시간이 걸렸다. 하지만 끝까지 포기하지 않고 쉴 틈 없이 달렸기에, 취득 당시 전국에서 두 번째로 어린 만 20세 5개월 19일에 기관사가 될 모든 준비를 마쳤다.

철도차량 운전면허를 가지고 입사할 수 있는 회사는 한국철도공사, 서울교통공사 그리고 지방의 도시철도공사도 있지만 특이하게도 철강, 시멘트 제조회사에서도 이 자격증을 필요로 한다. 내가 군대에 있는 사이에 입사 지원 방식도 많이 바뀌었는데, 그중에서 가장 눈에 띄는 것은 2015년부터 모든 공공기관, 공기업에 도입된 'NCS(National Competency Standards)'라는 것이었다. 내가 지원하고자 하는 철도회사들은 모두 공기업, 공공기관에 속하기 때문에 그 회사에 입사하려면 반드시 NCS 시험을 치러야 했다. 또한 이때부터 학력, 어학, 자격증을 폐지하고 경험, 역량, 능력 중심으로 인재를 채용하는 '블라인드 채용' 방식이 도입되었다.

이 채용 방식은 서류 전형을 폐지하고 일정한 조건을 갖추면 응시자 누구나 필기시험 응시의 기회가 주어지는 것이었다. 다시 말해, 필기시험의 경쟁률이 그만큼 올라간다는 뜻이기도 했다. 나도 본격적으로 이 시험을 준비하기 시작했다. 그런데, 2017년 상반기에 지원한 회사들의 필기시험에서 나는 단 한 번도 필기시험에 합격하지 못했다. 취업의 벽이 이렇게 높았던 것이었나, 스스로 되묻기도 했다. 여섯 번의 필기시험에서 모두 불합격을 하게 된 나는 깊은 고민에 빠졌다. 그 원인이 무엇이었는지, 어디서부터가 잘못된 것인지 다시 처음으로 돌아갔다. 그러나 나는 도저히 해답을 찾을 수 없었다. 정신적으로도 무너지고, 모든 것이 싫증이 났다. 위기가 찾아왔다. 이때는 정말 무엇을 하려고 해도 의욕이 생기지가 않았고, 괜찮다고 격려해주시는 부모님의 말씀도 귀에 들어오지 않았다. 정말 어디론가 멀리 떠나고 싶은 마음이 갑자기 떠올랐다. 그래서 침대에 누워 있다가 벌떡 일어난 나는 무작정 컴퓨터 앞에 앉아서 예정에도 없던 해외여행을 계획하게 되었고, 부모님 몰래 6일 뒤 떠나는 호주 행 비행기 티켓을 결제했다. 그 누구도 동행하지 않은 채 처음으로 혼자서 10시간을 날아 지구 반대편에 있는 호주 시드니에 도착했다.

8일 동안의 호주 여행을 하며, 나는 정말 심적으로 많은 위로를 받았다. 맛있는 음식들을 먹고 또 여러 가지를 보고 듣고 느끼면서 취업 준비로 인한 스트레스는 모두 날아갔고, 이대로 시간이 멈추었으면 하는 어린아이 같은 생각도 잠시나마 가졌던 것 같다.

꿈만 같았던 8일의 일정을 모두 마무리 짓고 나는 집으로 돌아왔다. 그리고 다시 책상에 앉았다. 그리고 내가 그동안 필기시험에서 불합격한 이유를 진지하게 고민하고 또 고민했다. 내가 내린 결론은 내 공부 방법이 잘못 되었다는 것이었다. 나는 그동안 공부했던 시간보다 훨씬 더 많은 시간을 책을 보며 NCS와 씨름하기 시작했다. 공부 방식도 완전히 바꾸어 필기시험을 앞두고 약 2개월 남짓한 기간 동안 잠자는 시간까지 줄여가며 문제를 또 풀고 또 풀었다. 이때 약 30만 원의 책값을 사용했다. 그렇게 여름이 끝나갈 즈음 한 회사가 채용 공고를 냈다. 그 회사가 바로 지금 내가 몸담고 있는 '서울교통공사'이다.

내가 지원하려고 하는 승무 분야는 철도차량 운전면허를 반드시 소지 해야만 지원 자격이 주어진다. 이 분야에서 선발하는 인원은 72명으로, 작은 숫자일지 큰 숫자일지 고민할 틈도 없이 서류를 제출했다. 그런데 또 다른 회사가 채용 공고를 냈다. 그런데 이 회사의 필기시험 과목은 서울교통공사의 시험과목과 100% 일치하였기에 나는 서울교통공사의 필기시험을 대비해 이 회사의 필기시험도 보기로 했다.

그 회사가 바로 '㈜공항철도'였다.

공항철도는 서울교통공사와는 달리 장비차량 운전 분야를 선발하였고, 선발 인원은 단 한명이었다. 하지만 나는 필기시험 연습이 목표였기에 적은 선발 인원임에도 불구하고 과감히 입사지원서를 냈다. 서울교통공사의 시험이 있기 하루 전 공항철도의 필기시험을 보고, 쉴 틈도 없이 바로 다음날 진행된 서울교통공사의 필기시험을 무사히 마무리 지었다.

새로 바꾼 내 공부 방식대로 필기시험을 치르고 얼마 지나지 않아 공항철도의 필기시험 합격자 발표가 있었다. 그런데 이게 웬일일까. 나는 공항철도 장비운전 분야의 면접 대상자에 선정되었다는 통보를 받았다. 그러나 더 놀라운 것은 서울교통공사 필기시험까지 합격한 것이었다. 너무 행복했지만 짧은 시간 안에 두 개 회사의 면접을 모두 준비하려고 하니, 정말 발등에 불이 떨어져 버린 꼴이 되어 버린 것이다.

## 면접과의 사투

필기시험에 어렵게 합격한 나에게 정말 좋은 기회가 찾아
왔다. 나는 면접을 앞두고 긴장의 나날을 보냈다. 지금까지
면접에 대한 경험이 전혀 없었기 때문에 필기시험보다 더
긴장됐다. 공항철도의 면접은 정말 내 인생의 첫 면접이었
기 때문에 면접 분위기, 그리고 면접 질문 등에 대한 배경지
식을 쌓기 위한 경험의 목적으로 다녀왔다. 그리고 나는 휴
식을 가질 틈도 없이 서울교통공사 면접에 집중했다. 그런
데 서울교통공사의 면접 난이도는 내가 생각한 그 이상의
난이도를 자랑했다. 바로 PT 면접이 있었기 때문이다. 나는

면접에 대한 실전 감각을 터득하기 위해 서울에 위치한 스피치 학원에서 3일 동안 혹독한 훈련을 받았다. 자세, 발성, 호흡 등 면접에 필요한 여러 가지 기술을 습득하고 내 것으로 만들었다.

서울교통공사 면접 준비에 한창이던 어느 날 저녁, 나는 공항철도 인사팀으로부터 면접에 합격했다는 통보를 받게 되었다. 물론 합격이라는 결과에 대해 상당히 만족하는 부분이 있었지만 나는 서울교통공사에 입사하고 싶은 목표도 포기할 수 없었다. 그래서 합격의 기쁨을 잠시 넣어 두고 서울교통공사 면접 준비에 노력했다.

면접 당일 아침, 서울교통공사 면접이 진행되고 있는 서울 성동구 소재의 서울교통공사 인재개발원에 도착했다. 이곳의 분위기는 정말 얼음장 그 자체였다. 나는 면접을 기다리는 시간 내내 불안에 떨고 있었다. 면접 시간이 임박하고 미리 약국에서 사온 청심환을 그 자리에서 한꺼번에 들이켰다. 1시간 동안의 면접과의 사투를 겨우 끝내고, 집으로 돌아와 그대로 기절해 버렸다. 이로써 필기시험과 면접시험의 모든 과정이 종료되었고 나는 불안한 마음으로 합격자 발표가 있는 날을 손꼽아 기다리기 시작했다. '제발 서울교통공사에 합격하자'라는 생각을 수십 번 수백 번을 되풀이하며 다섯 달 같은 5일을 보냈다.

결전의 날, 나는 떨리는 마음으로 핸드폰을 열었다. 오전 10시가 되고 나니 서울교통공사 홈페이지의 접속 속도가 갑자기 느려지기 시작했다. 아마 나와 같이 면접을 본 사람들이 각자 결과를 확인하기 위해 한꺼번에 몰려서 그런 것일지 모른다. 합격자 발표 페이지에 들어가 메일 주소와 비밀번호를 입력할 때의 오묘한 짜릿함과 그 전율은 아직도 생생하게 기억난다.

'양원석 님의 면접시험 합격을 진심으로 축하드립니다.'

합격자 발표 창에는 이런 문구가 쓰여 있었다. 나는 승무 분야에 지원했던 1421명의 지원자 중에서 합격의 영광을 누린 72명 중 한 명이 되었다. 그동안 남에게만 일어나는 일인 줄만 알았던 합격이 나에게도 찾아온 것이다. 이때의 내 나이가 스물 넷이었다.

12월, 나와 함께 합격한 예비 신입사원들은 3주간의 신입사원 연수를 받기 위해 서울교통공사 인재개발원에 모두 모였다. 서울교통공사가 출범한 이후 첫 채용에서 합격한 386명의 신입사원들은 '서울교통공사 공채 1기'라는 타이틀과 함께 임용장과 신분증을 받고, 정식 직원이 되었다. 임용장

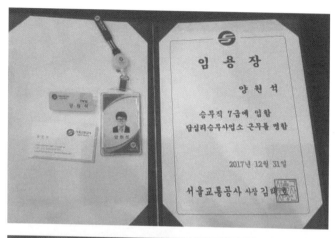

을 받고 나니 내가 진짜 직원이 되었다는 생각에 감회가 새로웠다. 그동안 공부했었던 시간들과 힘든 시기를 다시 한 번 생각했다. 그때 포기해 버렸다면, 아마 이 자리까지 올라오기는 결코 쉽지만은 않았을 것이다. 나는 그렇게 서울 지하철 5호선의 운행을 담당하고 있는 답십리 승무사업소로 발령을 받아 6명의 동기들과 함께 본격적으로 기관사로서의 새 출발을 시작하게 되었다.

○ ●● ○

# 수습기관사

기관사는 회사에 입사하게 되면 바로 열차를 운전할 수 없다. 운전하게 될 구간을 숙달하기 위해 6,000km 이상의 수습 승무를 마치고, 승무 사업소의 평가를 통과해야만 단독 운전 업무의 자격이 주어진다. 한 달에 2,000km 정도를 운행하는 5호선 근무 스케줄의 특성을 감안하면 나는 약 3개월 동안 숙련된 선배님과 함께 수습 승무를 해야 했다.

첫 일주일 동안은 차량기지에 이동하여 앞으로 계속 운전해야 할 5호선 전동차를 직접 보고 운전해보는 시간을 가졌다. 처음 보는 5호선 전동차는 철도차량 운전면허를 공부할 때 다루었던 차종과는 완전히 다른 차종이었다. 기기 명칭, 구성 요소가 모두 달라서 적응하는데 상당 시간이 소요되었다. 입사하기 전엔 합격만 하면 모든 것이 끝날 줄 알았는데 오히려 지금이 더 공부할 내용도 많고 외워야 할 것도 많았다.

2주 차부터는 본격적으로 영업 열차에 탑승하여 선배 기관사님의 지도 아래 직접 열차를 운행해보았다. 처음 영업 열차를 운전해보고 승객이 직접 타고 내리는 것을 두 눈으로 보니 진짜 기관사가 된 것을 피부로 느낄 수 있었다. 열차를 운행하면서 발생할 수 있는 여러 가지 돌발 상황에 침착하게 대처하기 위해서는 특히 운전 관계규정, 비상 대응 매뉴얼을 모두 숙지하고 있어야 한다. 아무것도 몰랐던 신입사원인 나는 점차 기관사로 변해 가고 있었다. 수습 승무를 하면서 교대 근무까지 하게 되니, 운행을 마치고 나면 항상 녹초가 되었지만 마음만큼은 즐거웠다. 오랜 꿈이었기에, 그리고 더 간절하게 원했던 기관사였기에 열차를 타는 내내 항상 재밌고 행복했었다. 특히 나를 가르쳐주신 선배 기관사님은 관제사로 근무하셨던 경험이 있어서 내가 이 회사에 입사하기 전에 일어났던 각종 사고 사례, 차량 고장 사례부터 조심해야 할 부분들까지 세심하고 꼼꼼하게 가르쳐주셨다. 운행이 끝나고 일정이 없을 때는 가끔씩 맛있는 음

≫
5호선 초기 전동차와 신형 전동차
신형 전동차의 투입으로 지하철의 안전과 편의를 높이고 있다

≫
6,000km 이상의 수습 승무를 마치고, 승무 사업소의 평가를
통과해야만 단독 운전업무의 자격을 얻을 수 있다

식을 먹으면서 재미있는 이야기를 나누거나 옛이야기를 들려주시기도 했다.

  길고 긴 수습 승무도 어느덧 막바지를 향해 달려가고 있었다. 처음엔 낯설고 생소했던 5호선 전동차도 이젠 조금씩 익숙해져 갔다. 3개월이라는 시간 동안의 기나긴 수습 승무를 통해서 5호선 기관사가 될 준비를 모두 마쳤다. 이제 마지막 주에는 그동안의 과정을 평가하는 시간이 기다리고 있었다. 5호선 기관사라면 꼭 알아야 할 비상 대응매뉴얼, 운전 규정 시험을 오전에 마치고 난 후 오후에는 지도 부장님의 감독 아래 실제 수동 운전 평가를 보았다. 3개월 동안 갈고 닦은 것을 모두 쏟아 내며, 나는 6,244.6km의 수습 승무를 마치고 7명의 동기들 중 가장 높은 점수로 수습 평가를 마칠 수 있었다.

  이제는 누가 도와주지 않기에, 긴장도 많이 되고 부담도 많이 되지만, 잘 할 수 있다는 선배 기관사님의 조언을 들으며, 짧다고 하면 짧고 길다고 하면 긴 수습 승무를 마치게 되었다.

  나는 이제 수습기관사에서 '기관사'로 다시 시작한다.

승객 여러분 안녕하십니까.
현재 시각 오후 11시 56분입니다.

지금 승차하고 계시는 우리 열차는
오늘의 마지막 열차입니다.

오늘도 고생한 여러분들에게 박수를 보냅니다.
여러분들께서 집으로 돌아가실 때에는
이 세상 그 누구보다
가벼운 발걸음이 되셨으면 좋겠습니다.

다시 내일이 찾아오고, 바쁘고 고된 하루가
시작되겠지만 저는 여러분들의 건승을 기원합니다.
그리고 이곳에서 승객 여러분들을 안전하게
모실 수 있도록 늘 최선을 다하고 있겠습니다.

안전하게 천천히 하차하시기 바라며,
열차 출입문 닫겠습니다.

가시는 목적지까지 안녕히 가십시오.

## 지하철 용어 설명

1) **차량기지**: 운행이 끝난 지하철이 다음 운행을 준비하기 위해 모이는 지하철의 집과도 같은 곳. 현재도 서울교통공사는 차량기지를 일반인에게 개방하여 내부 견학 및 안전체험 프로그램을 진행하고 있다.

2) **전동차 위**: 이곳에 출입하기 위해선 반드시 단전 표시등에 불이 들어와 있는지 확인해야 한다. 전차선에는 고압의 전기가 항상 흐르고 있어 자칫 잘못하면 감전될 우려가 높기 때문이다.

3) **팬터그래프**: 전동차에 전력을 공급하여 각 차량에 동력원을 공급하는 장치이다.

4) **마스콘 핸들**: Master Control의 약자. 자동차는 가속과 감속을 모두 발로 제어를 하는 반면, 전동차는 이 모든 것을 다 손으로 제어한다. 흔히 자동차에서 액셀, 브레이크라고 부르는 것들을 지하철에서는 역행(力行), 제동(制動)이라고 부른다. 차종에 따라 역행핸들과 제동핸들이 분리되어 있는 2-Handle 방식의 전동차와 두 가지를 한꺼번에 제어할 수 있는 1-Handle 방식의 전동차가 있는데 요즘 나오는 신형 전동차들은 모두 1-Handle 방식을 채택한다.

5) **기관사**: 열차 운전만을 전담한다.

6) **차장**: 냉·난방 조절, 출입문 취급 등 승객 서비스를 담당한다.

7) **승무**: 열차 운행을 담당하는 직렬 이름이다.

8) **승무원**: 서울교통공사에서는 기관사와 차장을 '승무원'이라 한다.

# 오늘도 당신의 발걸음이 되어

오늘도 지하철 승강장에는 저마다의 목적지로 가기 위해 수많은 사람들이 줄지어 서 있다. 승객들의 모습을 보면서 오늘날의 분주한 삶과 각박한 세상을 살아가는 우리의 모습을 다시금 돌아보게 된다. 출근하기 위해 직장으로 가는 사람, 퇴근 후 집으로 돌아가는 사람, 친구나 연인을 만나러 가는 사람, 가족을 만나러 가는 사람 등 지하철은 이렇게 다양한 사람들이 모인 출발지 같은 곳일지 모른다.

2017년 12월 31일, 나는 이 날을 평생 잊지 않을 날로 꼽는다. 그동안 지하철을 타기만 했었던 내가, 그 지하철을 운전하는 기관사가 된 날이기 때문이다. 어렸을 적 할머니 댁 베란다에서 처음 지하철을 본 어리기만 했던 꼬마 아이가 시간이 흘러 지하철을 운전하는 기관사가 될 것이라고는, 그 누구도 예상하지 못했을 것이다.

'기관사'는 나의 오랜 꿈이자 삶의 목표였다. 그 꿈을 이루어냈고, 나는 1,000만 시민의 소중한 발걸음이 되었다. 지금 내가 기관사로서 살아가는 삶을 한마디로 표현해본다면 "행복하다"이다. 그리고 이 행복함을 승객들에게 돌려주기 위해 나는 조금 특별한 방법을 선택했다. 기관사는 승객들과 동떨어진 공간에서 홀로 승객의 안전을 위해 운전대를 잡지만, 나는 직접 마이크를 들고 승객들에게 따뜻한 메시지를 전달하는 것으로 말이다. 그 영향력으로 인해 책을 출간하는 새로운 기회를 얻게 되었고, 이제는 승객뿐만이 아닌 모든 사람들에게 이 행복함을 돌려주기 위해 글을 쓰기 시작했다.

이 책이 완성되기까지 나 또한 수많은 고민을 하였고 한 글자, 한 글자 기록할 때마다 신중하게 또 생각에 생각을 거듭했다. 나의 이야기를 쓰며 나 스스로 한 단계 성장할 수 있는 좋은 시간이 되었다.

오늘이 있다면, 내일이 올 것이다. 나는 단 한 번밖에 주어지지 않은 내 삶을 조금 더 유익하고 조금 더 아름답게 살아가고 싶은 생각으로, 또 그 삶을 함께 나누면서 누군가에게 힘이 되고 일어서기를 바라는 마음으로 이 책을 썼다. 앞으로 우리들의 삶에는 지금보다 더 어렵고 힘든 일들이 많이 기다리고 있을지 모른다. 하지만 당신은 그 어려움을 이겨내고 헤쳐 나갈 자격이 충분히 있다.

나는 앞으로도 항상 승객들을 안전하게 모시기 위해 최선을 다할 것이다. 그것이 나의 임무고 사명이다. 지친 삶을 위로하고 고단한 하루를 보내는 승객을 위해 오늘도 나의 행복열차는 출입문을 닫고, 우렁찬 소리를 내며 지하 터널로 들어간다.

# 고민과 걱정은 열차에 ── 놓고 내리세요

초판 1쇄 인쇄 2022년 4월 11일
초판 1쇄 발행 2022년 4월 25일

**지은이** 양원석
**펴낸이** 송주영
**펴낸곳** (주)북센스
**편집** 조윤정, 황혜리
**디자인** 이미화

**출판등록** 2019년 6월 21일 제2019-000061호
**주소** 서울시 마포구 성산로2길 45 한성빌딩 4층
**전화** 02-3142-3044 **팩스** 0303-0956-3044 **이메일** ibooksense@gmail.com

ISBN 979-11-91558-34-0(03810)

**사진 자료 출처**
* 10~11p · 17p · 83p · 111p · 123p · 140p · 152p · 178~179p ⓒPixabay
*위에 기재하지 않은 사진 자료는 저자 소장 사진입니다.